Jar

Alltag ist heilbar!

*

Ein Alltags(ver)führer
mit Cartoons von
Uwe Krumbiegel

für Jarik & Erik

Chemnitz 2023

Bibliografische Information der Deutschen Nationalbibliothek
Die Deutsche Nationalbibliothek verzeichnet diese Publikation in der Deutschen Nationalbibliografie; detaillierte bibliografische Daten sind im Internet über http://dnb.dnb.de abrufbar.

Munken
BY ARCTIC PAPER

Verlag der GUC • Chemnitz • Lößnitz – **www.guc-verlag.de**

Cartoons: Uwe Krumbiegel – **www.uwe-krumbiegel.de**

Umschlag: Rudolf Lipowski & Jan – **www.janlipowski.de**

Druck und Bindung: PRINT GROUP Sp. z o. o.
Gedruckt auf säurefreiem, chlorfrei gebleichtem Papier
Printed in EU

ISBN 978-3-86367-104-4

Inhalt

– Kapitel I: Ernährung & Genuss –

– Kapitel II: Alltagsattraktionen –

– Kapitel III: Kurzprosa in der Schnipselrubrik –

– Kapitel IV: Kindermund –

Kapitel I
– „Ernährung & Genuss –

„Essen und Trinken sind die drei
schönsten Dinge des Lebens."

Willy Millowitsch (1909-1999)

* * *

„Versuchungen sind wie Vagabunden:
Wenn man sie freundlich behandelt,
kommen sie wieder und bringen andere mit."

Mark Twain (1835-1910)

* * *

„Ein Dessert ohne Käse ist wie eine schöne Frau,
der ein Auge fehlt."

Jean Anthelme Brillat-Savarin (1755-1826)

* * *

„Nichts verhindert den rechten Genuss
so wie der Überfluss."

Michel de Montaigne (1533-1592)

Die im Buch abgedruckten Zitate finde ich interessant, kann jedoch weder Inhaltstreue noch Urheberschaften garantieren. Jan Lipowski
„Vertraue den Aussagen im Internet niemals blind." (Marcus Aurelius ;)

KRUMBIEGEL
Bei uns ist heute Veggie-Day!! Zu jedem Steak gibt's extra Zwiebelringe.
STEAK HAUS

2018

Das Steak

Ich bin mit leerem Magen in einem recht vornehmen Restaurant gelandet, was, wie sich herausstellen sollte, keine so gute Idee war. In der Speisekarte lese ich: „Unsere Passion sind frisch zubereitete Dry-Aged-Beef-Spezialitäten. Durch die offene Küche können Sie sehen, wie beste Produkte in Geschmackserlebnisse verwandelt werden."

Ja, jetzt ein richtig gutes Steak, denke ich und mir läuft das Wasser im Munde zusammen. Schnell blättere ich weiter zur Rubrik „Vom Grill". – Heißhungrig überfliege ich die angebotenen Spezialitäten von unten nach oben und beginne mit dem dicken Ende: „Blackmore Wagyu Shoulder Steak, beste Zucht außerhalb Japans: 45 Euro, hoppla. – Für 100g!", als der Kellner kommt.

„Ah, Sie studieren unsere Beef-Spezialitäten. Bevor ich Sie zu unserer Weinkarte beraten darf, möchte ich fragen, worauf sich hier Ihre Wünsche fokussieren: Entrecôte, Flat Iron, Skirt Steak, Flank Steak, Rumpsteak, Filet, T-Bone oder Bürgermeisterstück?"

Ich mustere ihn unsicher und wiederhole: „Bürgermeisterstück?"

„Blue rare, Rare, Medium rare, Medium, Medium well oder Well done?"

„Was?"

„Nun, ich wollte wissen, welche Garstufe Sie für Ihr Premiumfleisch bevorzugen: fast roh, blutig, englisch, rosa, halbrosa oder durch?"

„Ähm, wie meinen?"

„Nun, für den optimalen Steakgenuss servieren wir auf den Punkt in Butterschmalz oder Bio-Kakaobutter gebraten. Da hätten wir Gargrad 1: rot, roh im Inneren und außen nur ganz leicht angebraten; Gargrad 2: innen rot, außen angebräunt; Gargrad 3: roter Mittelteil und außen knusprig; Gargrad 4: rosa Mittelschicht, außen knusprig; Gargrad 5: mittig ein Hauch Rosa und außen knusprig oder Gargrad 6: innen durchgängig braun und außen knusprig, wobei ich im Kontext der angebotenen Spitzenqualitäten Ihnen natürlich etwas im Spektrum zwischen *Medium rare* und *Medium well* empfehlen würde. Aber natürlich ganz wie belieben. – Nun, verraten Sie es mir, wie wünschen Sie Ihr Steak?"

„… groß!"

Epilog

Mein Vater, Jahrgang 1927, nach dem Lesen des Textes, ausgeprägtem Schmunzeln, wieder ernster werdend: „Na ja, ja, sehr schön, mein Sohn. – Aber du weißt ja gar nicht, was Hunger ist!"

Ich: „Ja, da hast du recht, heutzutage wird genussoptimiert und es gilt eher der Spruch von Werner Mitsch: ‚Appetit ist der Hunger der Satten.'"

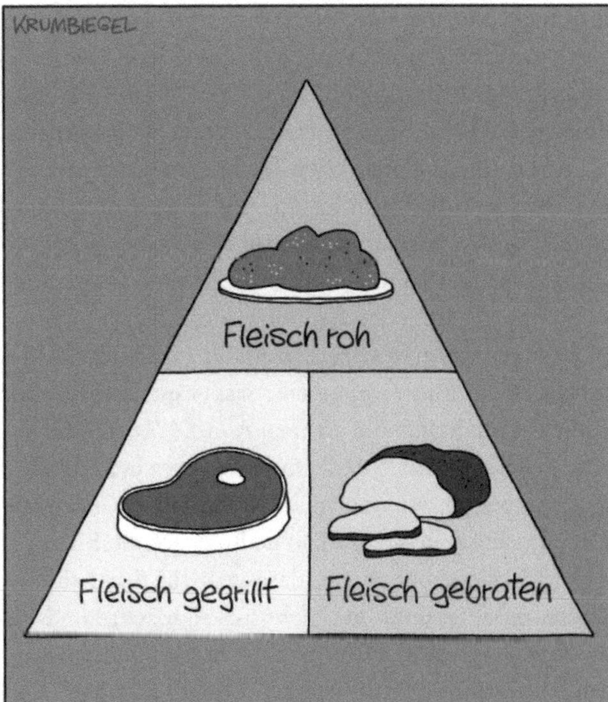

Ernährungspyramide für echte Männer

2018-19

„Fast Fasten!" – Ein Selbstversuch

Fasten ist jetzt Mode. Alle fasten irgendwas, manche sogar vieles. Ich war Ohrenzeuge, wie eine Dame betonte, sie faste dieses Jahr konsequent Wassermelonen, Chicorée, Rhabarber und Kamillentee. Da komme ich mir mit meinen »Leberferien« richtig zwergenhaft vor, obwohl ich äußerst diszipliniert war und nur einmal einen Esslöffel Magentropfen auf Basis eines alkoholischen Auszuges zu mir genommen habe. – Was ich danach auch gleich in den Beinen merkte.

Tobias meinte, er würde bereits ein Jahr *reinen* Alkohol fasten. Wer ihn kennt weiß, dass er quasi wie immer trinkt und lediglich auf nahezu *reine Alkoholika*, wie STROH 80, Absinth 85 & Primasprit verzichtet. Ich hingegen überlege, wie ich mein vierzigtägiges Alkoholfasten im Anschluss etwas nachhaltiger gestalten kann…

Ein Kollege berichtete, dass er fit in den Frühling starten möchte, jetzt viel mehr auf sich achte und neben seiner »Eiweiß-Diät« auch stets per Digitalwaage ermittle, was sein Stuhl wiegt. – „Echt, du wiegst dich vor und nach jedem Stuhlgang?", fragte ich erstaunt. – „Ach", staunte er, „… so geht's natürlich auch!"

Und eine eigentlich sehr nette Arbeitskollegin will laut eigener Aussage „Kollegen fasten", weil sie einige *gefressen* hat (!), was für mich irgendwie widersprüchlich klingt.

Ein dritter Kollege will mehr als eine einfache Diät durchziehen und hat seine „Low-Carb-Diät“ mit einer Art „High-Carb-Diät“ kombiniert, was in der Tat voluminöse Erfolge verspricht. Und selbst Tobias macht jetzt Diät, ebenfalls mehr als eine. Er hat seine Essgewohnheiten analysiert und herausgefunden: Es sind drei „FdH“-Diäten[1] gleichzeitig! – Jedenfalls möchte er nächstes Jahr zunehmend darauf achten, zunehmend weniger zuzunehmen.

Doch zurück zu mir: Ich habe jetzt eine Variante gefunden, die für mich in der Tat überzeugend klingt und die gut funktionieren könnte: die so genannte 5:2-Diät. Die einfache Formel kommt mir bereits bekannt vor, denn was haben wir in unserer *Väterberatungsgruppe* über den risikoarmen Alkoholkonsum gelernt: „Zwei Tage pro Woche sollten komplett alkoholfrei sein!“ – Das wäre dann quasi ein Nebenprodukt der 5:2-Diät und meine »Leberferien« fänden so in zahlreichen Kurzurlauben ihre Fortsetzung. Aktuell bin ich zu nah an Tobias‘ Leitspruch: „Alkohol trinke ich nur an Wochentagen, die mit »g« enden. Und mittwochs.“

5:2 – in der Theorie ist alles ganz einfach: zwei Tage pro Woche fasten, an den übrigen fünf normal essen, keine komplizierten Regeln, kein übermäßiger Verzicht. Das klingt nach der perfekten Schlankheitskur. Zudem hat diese Variante natürliche Ursprünge, denn die Jäger und Sammler in vorgeschichtlicher Zeit hatten auch nicht jeden Tag Erfolg. – Ich werde also zweimal pro

---

[1] FdH steht für „Friss die Hälfte!” (oder netter: „Futter die Hälfte!“)

Woche ohne Frühstück in den Tag starten, dafür reichlich Wasser trinken, auf Arbeit jagen, etwas Blattgemüse erlegen und erst am Abend beispielsweise zwei bis vier Eier finden.

Das wäre gleichzeitig echtes Intervallfasten! Also ein Ernährungsmuster, bei dem auf eine Fastenperiode von mehreren Stunden eine Zeit folgt, in der gegessen wird. So bedeutet beispielsweise „18/6" eine 18-stündige Fastenphase mit einem nachfolgenden „Essen-Zeitfenster" von 6 Stunden. In diesen Stunden ist quasi alles erlaubt, was schmeckt. Doch die Motivation zum Fasten kann man ja gleich für eine kleine Ernährungsumstellung nutzen. Eigentlich ein Luxusproblem, denn für Jahrtausende war es für den weit größten Teil der Menschheit ein Riesenproblem, überhaupt satt zu werden. – Jetzt bestehen für wachsende Teile der Gesellschaft die Herausforderungen darin, dem Zuviel Einhalt zu gebieten und von unausgewogener und ungesunder Ernährung loszukommen.

Zum Beispiel mit der sogenannten Paläo-Diät. Sie baut auf dem Prinzip des Intervallfastens auf, fordert aber grundsätzlichen Verzicht auf Getreide, Hülsenfrüchte und Zucker. Paläo-Jünger wollen ausschließlich essen, was schon unsere steinzeitlichen Vorfahren zu sich nahmen. Das ist mir zu heftig und entschieden zu teuer! Man denke nur an die exorbitanten Preise für den Bezug von gefrorenem Mammutfleisch aus russischen Permafrostböden. Nein, der Steinzeitdiät unterwerfe ich mich nicht, auch nicht an meinen beiden wöchentlichen Fastentagen: da sind mir bis zu 600 kohlenhydratfreie Kilokalorien erlaubt, die auch sehr lecker sein können, wie ich feststellen werde.

Gleich am Mittwoch starte ich meinen Selbstversuch unter günstigen Bedingungen, muss ich doch vormittags nüchtern zum Gesundheits-Check-up bei meinem Hausarzt erscheinen. So ist das Auslassen des Frühstücks bereits gesetzt. Allein die Tasse mit heißem Wasser schmeckt mir nicht besonders, obwohl viele Gesundheits-Jünger darauf schwören. Gut, sie füllt den Magen nicht unangenehm, aber als Diät-Greenhorn bin ich unsicher: Heißes Wasser hat zwar keinen Nährwert, doch muss ich den Heizwert auf meine 600 Kilokalorien anrechnen?

Bis Mittag verläuft mein Fasten mit viel ungesüßtem Tee halbwegs erträglich. Zur Belohnung gibt es einen selbstgemachten Naturjoghurt (136 kcal). Die Zeit bis zum Abendbrot zieht sich und meine Gedanken kreisen um alle möglichen Speisen (> 600 kcal), die ich mir heute verboten habe. Nur dank heißer Gemüsebrühen (3 x 9 kcal) halte ich durch. Am Abend gibt's einen Kräuterquark (272 kcal), dazu etwas Rohkost (80 kcal) sowie ein großes 5-Minuten-Ei (85 kcal). Dann zeitig ins Bett. Geschafft!

Mein erster Verzichtstag war schwer. Stolz male ich ein dickes »F« mit Kringel rundherum in den Familienkalender. Nun folgt ein Tag ohne Beschränkungen, wobei ich ob der *durchgestandenen Entbehrungen* irgendwie achtsamer bin, bewusster esse, dabei intensiver genieße und auch nicht übermäßig schlemme. Und ich mache mich theoretisch fit und lese von den

Vorteilen der 5:2-Diät, bevor mir am Freitag der zweite Fastentag äußerst schwerfallen wird.

Die meisten Diäten helfen ja hauptsächlich ihren Erfindern und den Ratgeber-Autoren. Doch bei der 5:2-Variante sind sich viele Experten einig, dass die fehlende „Nahrungs-Flatrate" dem Körper guttut und der so angeregte Stoffwechsel mehr Kalorien verbrennt. (Ich fühle mich auch gleich angesprochen, meine Zwischenmahlzeiten am Arbeitsplatz sind zu einem permanenten *Nervennahrung-Süßkram-Dauernaschen* zusammengewachsen und *Snack* könnte mein zweiter Vorname sein – Jan Snack Lipowski.)

Beim Intervallfasten sind die Hungerphasen relativ kurz, Vorteil: Der Körper baut keine Muskelmasse ab und drosselt den Stoffwechsel nicht, was den gefürchteten Jo-Jo-Effekt zu vermeiden hilft. Am Fastentag kann sich der Körper auf Entgiftung und Regeneration von Zellen konzentrieren statt auf Verdauung. Gemäß DIfE[2] beeinflusst Intervallfasten vor allem die Leberfette positiv, außerdem normalisieren sich Blutzucker- und Insulinspiegel. Es wird von einer deutlich besseren Insulin-Sensibilität gesprochen, was die Entwicklung des Diabetes Typ 2 vermeiden hilft.

Auch früher gab es regelmäßig Zeiträume ohne Nahrungsaufnahme: die Beute floh, das Sammelgut war meist dünn gesät und nur durch viel Bewegung konnte man an Nahrung kommen. Heute bin ich von Ver-

[2] Deutsches Institut für Ernährungsforschung Potsdam-Rehbrücke: http://www.dife.de/presse/pressemitteilungen/?id=1302

suchungen regelrecht umzingelt: Kühl- & Eisschrank voller Köstlichkeiten, Regale mit Vorräten, Schubladen voller Süßigkeiten und Knabberzeug, von den Bier- und Weinvorräten ganz zu schweigen. Nahrung ist quasi immer und überall verfügbar. Daher haben wir das Fasten verlernt, was ich am zweiten Fastentag beim Besuch des Chemnitzer Ballonfestes mit meinen Jungs (3 & 9) sehr deutlich zu spüren bekam.

Auf der Küchwaldwiese waren die Versuchungen höchst präsent, boten doch zahlreiche Stände und Fressbuden hochkalorische Leckereien feil. Insbesondere die verlockenden Düfte machten mich fertig. „Ohne Aufnahme von Kohlenhydraten empfindet man nur geringes Hungergefühl an den Fastentagen“, hatte ich gelesen. Von wegen! Ich hatte einen *Heißhungerriesenappetitkohldampf.* Meine Jungs auch, aber ihrer wurde mit Lángos und Rostbratwurst gestillt! – Nur mit dem Vorsatz, dass wir am Samstag noch mal zum Fest gehen und ich dann richtig zulange, verhinderte ich mein Fasten-Brechen. Doch was habe ich am Folgetag gegessen? Ein großes Steak vom Grill. Das war‘s und es schmeckte, ehrlich gesagt, enttäuschend. Nun ist, frei nach Sophia Loren, *die Fantasie des Mannes nicht nur die beste Waffe der Frau*, sondern auch in Gestalt von Hungerfantasien gefährlich, da man seine Gedanken beim Fasten ebenfalls höchst einseitig fokussiert...

Schon um mich zur Disziplin zu zwingen, erzähle ich ausgewählten Personen von meinem Selbstversuch. So auch meinem Bruder am Telefon. Er ist sofort von der 5:2-Diät überzeugt und mit seinem Gewicht ähnlich unzufrieden wie ich mit meinem. Allerdings erinnert mich sein Wiegeritual an die frühere Praxis der Schadstoff- und Verbrauchsmessungen der Autoindustrie, denn er wiegt sich immer morgens nach dem Rasieren, Zähneputzen, Zungenschaben und Abräuspern sowie gegebenenfalls Nägelschneiden, Hornhaut-Raspeln und Pickel-Ausdrücken. Stets aber nach Abgabe aller Stoffwechsel-Endprodukte und selbstverständlich splitterfasernackt! – Weitergedacht fehlen nur noch ein paar Heliumballons oder eine Digitalwaage mit Fußabdruckerkennung: Falls es sich um die Füße meines Bruders handelt, wird ein um 10 Prozent geringeres Gewicht angezeigt beziehungsweise eine Zahl, die zu einem BMI kleiner 25 führt. Ich frage ihn, ob er wüsste, dass der morgendliche Messwert weiter optimierbar sei, insbesondere bei Männern führt Sex zu einem gewissen Gewichtsverlust.

Am dritten Fastentag frage ich mich ernsthaft: Warum mache ich das eigentlich? Nun, mein Körper hat mir Signale gesendet, dass es an der Zeit ist etwas zu ändern und mehr für die Gesundheit zu tun. Zudem störten mich die über 90 gewichtigen Hinweise meiner Waage, die ästhetischen Fingerzeige der Urlaubsfotos und der Umstand, dass beim flotten Treppe-hinablaufen der Bereich oberhalb des Gürtels in Resonanz gerät. – Aber schlankweg schlimm empfindet *man* es ja erst, wenn trotz heldenhaftem Bauch-Einziehen der Waschbärbauch dominant bleibt und von sportlichem Aussehen (Waschbrettbauch) nichts zu erkennen ist.

Die 5:2-Diät ist in der Tat eine neue Erfahrung für mich. Frühe Nebenwirkung: Ich wiege mich öfter, viel öfter. Neuerdings erblicke ich dabei Zahlen, die ich nur von der sehr besucherfreundlich eingestellten Waage meiner Lieblingssauna kenne, allerdings erst nach drei Schwitzrunden. Teilweise muss ich wiederum Zahlen verkraften, als würde ich gar kein Diät-Programm betreiben. Über drei Kilogramm Schwankungsbreite! – Immerhin mit gefühlt leicht sinkender Tendenz. Ich versuche mich daher gemäß der Parole: „The trend is your friend!" zu freuen und beschließe, ab sofort ausschließlich morgendliche Vergleichswägungen vorzunehmen und für eine Trendbestimmung allein die Wochen-Minima heranzuziehen.

Während bei der erwähnten Paläo-Diät gegessen werden soll, was bereits die Urmenschen verspeisten, wird beim Intervallfasten zu Tageszeiten gegessen, zu denen die Steinzeitmenschen speisten. Für mich eine interessante Anregung. In etwa so, dass ich keinesfalls essen will, was ein Kannibalenhäuptling verspeist, aber die Zubereitung (wie das Backen von in Bananenblätter gewickeltem Fleisch in heißer Asche) gut finde und übernehme. Zu viel möchte ich den Steinzeitmenschen nicht nachahmen, man denke nur an die damalige Lebenserwartung, über 40 Jahre waren höchst selten! Doch ausgewählte Aspekte überzeugen mich. Beispielsweise erscheint das Weglassen des Frühstücks mangels Vorratswirtschaft völlig plausibel und auch die Kombination von Fasten und Sport, um die Jagd zu simulieren. – Wobei ich weder Bestien noch Bestzeiten jage, sondern locker jogge, weil ich es gern mache und mir dabei oft gute Gedanken kommen.

Neu ist meine Vorfreude auf das morgendliche Wiegen, natürlich auf das Essen nach dem Fastenintervall sowie auf das Frühstück beziehungsweise auf den gesamten Tag nach dem Fastentag. Allgemein gestiegen ist meine Lust – gepaart mit gewissem Verlangen – auf einfache, industriell nicht vorbehandelte Lebensmittel. Und meine Geschmacksempfindungen haben sich intensiviert. Ach, wie können frischer Kräuterquark, Rühreier mit Frühlingszwiebeln, gedämpfter Broccoli, Hüttenkäse in Eisbergsalatblättern, Mozzarella mit Tomate sowie frischem Basilikum und einigen wenigen Tropfen Olivenöl... intensiv und köstlich schmecken!

Schwierig ist es natürlich mit den anerzogenen Verhaltensweisen, wie: „Was auf den Tisch kommt, wird gegessen!", „Lebensmittel schmeißt man nicht weg!" oder „Iss morgens wie ein Kaiser, mittags wie ein König und abends wie ein Bettler!" – Jedenfalls werde ich zu meinen Fastenzeiten meine intrafamiliäre Funktion als Sus scrofa domesticus (lat. für Hausschwein) konsequent aussetzen und damit sicher meinen inneren Schweinehund erzürnen. Nun, etwas Qual gehört eben dazu und macht den Erfolg erst richtig wertvoll. Und man kann seinen Hunger ja wegtrinken.

Tobias' Augen leuchten auf, bis ich „mit Wasser oder ungesüßtem Tee" hinzufüge und ergänze: „Fettfreie Gemüsebrühe hilft bei Heißhunger-Attacken!" – Die Instant-Brühen mit ihren Geschmacksverstärkern sind in der Tat nicht das Richtige für die Entgiftungstage, aber bei meinen ersten Fastentagen ging es einfach nicht ohne…

Jeder erfolgreiche Fastentag ist ein persönlicher Erfolg. Ein Paukenschlag ist mein Gewichtsminimum in Woche fünf: 84,4 Kilogramm. Wow! So schnell!? Aber was ist denn eigentlich mein Ziel? Dauerhaft bei 83, 82, 81 kg und einmal wieder die „79" sehen? – Ich darf jedenfalls nicht übertreiben, denn, wenn ich permanent ein Kilogramm pro Woche abnehme, bin ich in anderthalb Jahren verschwunden. – Andererseits ist eine gewisse Nachhaltigkeit wichtig, man denke nur an den Jojo-Effekt und Exminister *Jojoschka* Fischer… Zu dünn werde ich trotz meines aktuellen Motivationshochs nicht, dafür genieße ich viel zu gern. Und ich kann mir jederzeit und ganz bestimmt im Urlaub meine Diät-Tage flexibel heraussuchen oder auch auf ein 16/8-Intervallfasten herabstufen. Ansonsten wäre vielleicht ein BMI um 23 eine grobe Orientierung, besser ein *neuer BMI* von 22 oder der sogenannte *smart BMI*[3] von 34/70. Den BVI kann beziehungsweise will ich nicht berechnen. Also ich lade doch keine (Nackt-) Fotos von mir für eine Berechnungs-App ins Internet! Wer weiß, was damit alles angestellt wird und wie dann meine personalisierten Werbeeinblendungen ausfallen.

---

[3] Es viele Indizes zur Gewichtsbewertung mit Stärken und Schwächen: den BMI (Gewicht/(Größe in m)^2), den sogenannten neuen BMI (1,3 x Gewicht/Größe^{2,5}), den SBMI (Smart Body Mass Index, hier werden z. B. auch Alter und Geschlecht berücksichtigt), den BVI (Body Volume Indicator), den WHR-Index (Waist-to-Hip Ratio = Verhältnis von Taillen- zu Hüftumfang) sowie das WHtR (Waist-to-Height Ratio = Taille-zu-Größe-Verhältnis).

Lieber einen WHR-Index um 0,85 oder einen WHtR um 0,5. Ein moderater Bauchumfang ist laut medizinischen Studien besonders günstig. Noch wichtiger ist, wie ich mich fühle sowie die subtilen Signale meines Körpers und die zum Teil weniger subtilen Hinweise meiner Umwelt. Ergo: Gesundes Wohlfühlgewicht statt rechnerischem Idealgewicht. Und – wichtig für Männer: Es gilt dem sogenannten „Käfersyndrom“ zu entkommen. So nennt es eine Freundin, wenn Männer mit den Jahren quasi *Käferform* (also dicker Körper mit sehr dünnen Gliedmaßen) annehmen. Aber sechs Glieder? Da hat sie sich verzählt.

Man muss in die 5:2-Diät nichts investieren. Was nichts kostet, ist, oberflächlich betrachtet, nichts wert? – Ich sehe die Einfachheit hier eindeutig als Stärke und als klaren Vorteil im komplexen Themenkreis rund ums Fasten und gegenüber den vielen Diät-Moden. Investitionen können zwar auch eine gewisse Verbindlichkeit zum Durchhalten stärken, mit der richtigen Überzeugung kann man das viel besser. Und ich bin motiviert, ich will dranbleiben und habe bereits einiges an Kraft in meine Fastentage und Zeit in diesen Text investiert und werde mit etwas Abstand weiter berichten…

„Diät“ bedeutet ja ursprünglich „Lebensweise“ und die 5:2-Lebensweise möchte ich dauerhaft in meinen Alltag integrieren. Also erst einmal 30 Wochen durchhalten, meine Fastentage lockerer bewältigen und mit Sport – auch am Fastentag – abrunden.

Epilog (10. Woche)

Als erster hat mein Bruder den Text gelesen, fand aber die Wechsel zwischen interessanten Fakten und „Nonsens“ irgendwie irritierend. Ich entgegnete, dass ich das gewichtige Thema bewusst leicht präsentieren möchte, die Fakten dem Stand der (beziehungsweise meiner) Erkenntnisse entsprechen und noch ein Epilog folgt.

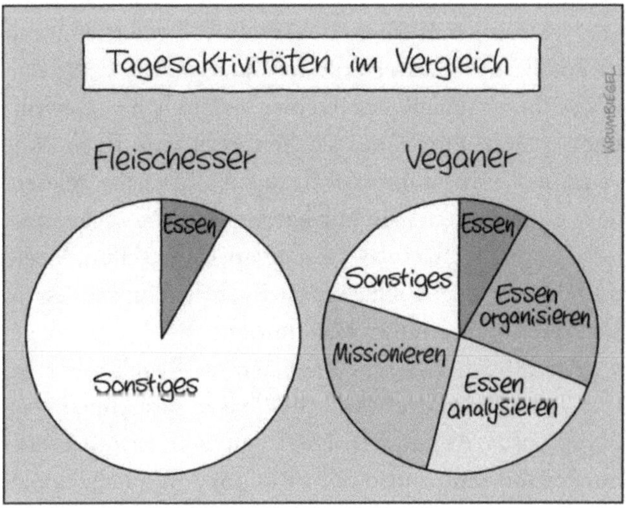

Epilog II (30. bis 50. Woche)

Diäten rauben dem Leben angenehme Aspekte. Meine Teilzeit-Diät ist jedoch praktikabel und hält dem Sozialleben stand, denn ich kann meine wöchentlichen Fastentage flexibel ansetzen. In praxi sind es jedoch fast immer Mittwoch und Freitag, dazu ein 16/8-Intervallfasten von Sonntag auf Montag. Die kalorienarmen Fastentage fallen mir weiterhin nicht leicht, meine Gedanken tanzen dann fast nur ums Essen... Ein Höhepunkt meiner verzerrten Wahrnehmung war, als ich „Ca-lo-ri-nia“ statt „Ca-li-for-nia“ auf einem T-Shirt las.

Heißhungerattacken bekämpfe ich weiterhin mit heißer Brühe, mittlerweile in Bio-Qualität. Obgleich ich, wahrscheinlich wegen einer bedenklichen Gewöhnung an Geschmacksverstärker, gern eine Prise konventionelles Instantpulver dazugebe. Ich habe gelesen, dass es an Fastentagen zur geschmacklichen Akzentuierung erlaubt ist, etwas Tomatenmark, Ketchup, Meerrettich, Senf oder auch ein paar Kartoffelchips zu essen. Letzteres bilde ich mir wohl nur ein.

Aber: Ich faste noch. Nach den 5:2-Regeln? – Na ja, fast. Ich habe mittlerweile alle Phasen des Abnehmens durchlaufen: Anfangserfolge, Stagnation, Erfolg, Übermotivation und Endstation: Resignation. Nein, es gab fast ein Happy End, aber langsam und der Reihe nach.

Nach den beschriebenen Anfangserfolgen kam eine Phase der Gewichtskonstanz, obwohl ich meine selbst auferlegten Regeln wirklich einhielt. Kleine Mogeleien (Wiegen nach der Sauna oder Joggingrunde, Abrunden beim Kalorienzählen und Gewicht, Fastenzeitfenster-Verkürzung) kamen erst später. Langsame Gewichtsveränderungen sind ja gesünder, versuchte ich mich zu beruhigen, aber eine gewisse Verunsicherung blieb und nagte an meinen Plänen. An meinem Bauch nagte nichts und mir kamen Zweifel, die an meiner Disziplin nagten. Doch ich lockerte die Regeln, ganz nach Plan, erst im Sommerurlaub. Und jetzt war ich froh ob der Stagnation, denn mein Gewicht stieg nur leicht.

Danach ging es im 5:2-Regelmodus weiter und endlich setzte ein gemächlicher Gewichtssinkflug ein, langsam aber stetig und von etlichen Joggingrunden begleitet, die wahrscheinlich ausschlaggebend waren.

Doch die Verunsicherung saß tief, kontinuierlich unterschätzte ich meine Fortschritte und haderte auch mit dem verbliebenen Bauchansatz und erhöhte meine Fasten-Disziplin. So erreichte ich die nächste Phase im Abnehmzyklus: Hinweise von anderen, dass ich nicht übers Ziel hinausschießen sollte. Ich fragte mich: „Ist das Neid oder echte Besorgnis?“ – Aber höchstwahrscheinlich war genau diese Frage der Indikator für ein gewisses, übermotiviertes „Nicht-aufhören-können“ meinerseits. Ich machte weiter, von Erfolgen beflugelt, vielleicht auch geblendet. Nach arbeitsreichen Tagen und Abenden erreichte ich dann einen Tiefpunkt in doppelter Hinsicht: 80,5 kg nebst Erschöpfung. Ja, ich fühlte mich erschöpft, meine Hosen schlackerten und ich schlackerte auch. Ich hatte über 11 Kilogramm verloren und damit wohl meine »kritische Masse« unterschritten. Also: Regeln lockern. Jetzt!

Übrigens hat auch mein Bruder mit seiner 5:2-Diät abgenommen, wobei ich anmerken muss, dass er es da deutlich leichter hatte. Ist er doch nicht ansatzweise den Versuchungen ausgesetzt, denen ich widerstehen muss, wenn ich für die Familie koche. Das entspannt. Doch nur, wenn ich ausgiebig (vom *Küchenwein*) kosten kann. Und die Reize, die auf mich einwirken, wenn ich meinem Kleinen ein Honig- oder Nuss-Nugatcreme-Brötchen schmiere oder dem Großen die Brotbüchse lecker fülle. Zudem wollten mir meine Jungs ständig von ihren Portionen abgeben. Fast unmöglich war für mich das Auslassen des Frühstücks, solange noch Gläser der unvergleichlichen Geschmacksoffenbarung und betörenden Verlockung in Gestalt der selbst gemachten *Johannisbeermarmelade schwarz & rot* vorrätig waren. Während mich die Filetspitzen der Nahrungskette umtanzten, lebte mein Bruder die 5:2-Regeln quasi faulheitsbegünstigt. Das heißt, während seine Frau monatelang auf Hiddensee weilte, ging er kaum einkaufen. Und wenn nichts lockt, ist es nicht besonders schwer, am „kalorienreduzierten Tag“ nur eine Büchsensuppe oder ein Paar Wiener zu vertilgen. Wie heißt es doch so schön? – *Wie man sich füttert, so wiegt man!*

Zu seiner Verteidigung meinte mein Bruder, dass er es doch nicht so leicht gehabt hätte, denn: „Essen sei ja der Sex des Alters“, worauf ich konterte, dass gerade ab einem gewissen Alter gewisse Enthaltsamkeitsphasen in der Natur der Sache liegen dürften.

In der Weihnachtszeit folgte, gewissermaßen mit Ansage, meine Phase des Zunehmens. Und ich habe sie genossen! Nicht zuletzt dank meines Vaters, der mit seinen 91 Lenzen für uns einen leckeren Putenbraten zauberte. Dazu Thüringer Klöße, Plätzchen, Pulsnitzer Pfefferkuchen, Baumstriezel, gebrannte Mandeln, weißer Glühwein, Schmalzgebäck und andere kalorienreiche Versuchungen, denen ich ausgiebig nachgab... Dabei gelang mir der Gegenbeweis zur statistischen Aussage: „Zwischen Weihnachten und Neujahr nimmt man meist viel weniger zu, als zwischen Neujahr und Weihnachten." – Nicht ich! Ich hatte volle fünf Kilogramm zugelegt. Wahrscheinlich war ich aber nur die Ausnahme, die die Regel bestätigte.

Studien zu Diäten und ihren Auswirkungen be- und widerlegen scheinbar alles („Übergewicht verkürzt das Leben"; „Neue Studie: Wer leichtes Übergewicht hat, lebt länger"; RTL: „Dicke leben länger!"). Verwirrend! Rein physikalisch betrachtet ist es einfach: Es gibt nur Energiezufuhr und Energieverbrauch. Neuerdings soll auch die Uhrzeit der Nahrungsaufnahme eine Rolle spielen, sicher ein Effizienzeffekt. Jedenfalls unterteilt sich der Energieverbrauch in Grundumsatz (Körperfunktionen und -temperatur) und Leistungsumsatz (Bewegung). Und wer abnehmen will, muss eine negative Kalorienbilanz erzielen. Grund- plus Leistungsumsatz müssen also mehr verbrennen, als dem Körper durch Nahrung zugeführt wird oder besser: als vom Körper mittels Stoffwechsel an nutzbarer Energie gewonnen wird. Apropos: Im Internet werden Lebensmittel mit „negativer Energiebilanz" beworben. Klingt nach dem Verbrennen spezieller Hölzer im Ofen, damit es im Wohnzimmer kälter wird. Das ist mir zu blöd, Zeitverschwendung darüber nachzudenken. Zwischen den Ohren sollte man jedenfalls nicht abnehmen!

Meine Theoriestudien im Internet habe ich weitgehend beendet, denn die moderate Ernährungsumstellung in Kombination mit Teilzeit-Fasten funktioniert bei mir. Festzustellen bleibt: Alles habe ich nicht verstanden. Manche Diäten und Fasten-Arten sind danach benannt, was man fast ausschließlich zu sich nehmen darf, andere danach, worauf man weitgehend oder komplett verzichtet. Also einerseits Rohkost-, Basen- oder Smoothiefasten und andererseits Auto-, Konsum- und Alkoholfasten. (Ich ahne Tobias' Interpretation.) Oder Null-Fasten. Null Ahnung.

Allerdings frage ich mich, warum die Kalorienangaben auf den 200 g-Chipstüten sich neben 100 g auf eine „30 g-Portion" beziehen. Ich kenne keinen, der nach 30 g aufhört, Chips in sich hineinzustopfen. – Ist die Tüte offen, gibt es kein Halten mehr. Lebensmittelchemiker haben bei Studien an Nagern herausgefunden, warum es beim Kartoffelchip-Knabbern quasi zum Kontrollverlust kommt: Ein 50 %-Anteil von Kohlenhydraten erzeugt in Verbindung mit 33 % Fett den sicheren Fresszwang. Das Verhältnis wirkt nicht nur bei Kartoffelchips, sondern auch bei anderem Knabber- & Süßkram, der der fatalen 50:33-Rezeptur folgt: Nuss-Nougat-Creme, Schokolade, Erdnussflips...

Die Forscher glauben, dass die Ergebnisse auf den Menschen übertragbar sind. Zum Nachweis planen sie eine Folgestudie mit freiwilligen Chips-Essern. Tobias erwartet den Aufruf aufmerksam. Ich hingegen studiere die Angaben auf einer Tüte „Studentenfutter süß & salzig“, die bei mir stets Esszwang bis zum Tütenboden auslöst. Das Kohlenhydrat-Fett-Verhältnis liegt hier bei 36:38. Immerhin steht „Balaststoffquelle“ drauf, aber der Energieinhalt ist enorm. Eine 150 g-Tüte hat etwa die 1,5fache Energiemenge, die mir an meinem Fastentag erlaubt ist! Aber genau diese Beschränkung habe ich im Zeitverlauf zunehmend aufgeweicht und schließlich aufgegeben, da ich ja nicht (noch mehr) abnehmen will. Zudem ist eine gewisse Umverteilung der Masse mein Ziel, denn es schrumpft eben nicht nur der Bauch, die Jeans werden zwar weiter am Bund, aber auch am Po. So habe ich die Kalorien-Zählerei gegen ein vermehrtes Auslassen des Frühstücks, also mehr Fastenintervalle pro Woche, und mehr Bewegung eingetauscht.

Ein Problem bleibt: Zucker! Zucker ist heutzutage Geschmacksträger und billiger Füllstoff und allgegenwärtig, versteckt oder direkt aber meist hochdosiert in allen möglichen und unmöglichen Lebensmitteln enthalten. Zucker oder zuckerreiche Zutaten stecken hinter den verschiedensten, aktuell über 50 (!) Bezeichnungen wie: Glukose, Raffinose, Saccharose, Fruktose, Dextrose, Laktose, Maltose, Farin, Inulin, Dextrin, Süßmolkenpulver, Karamellsirup, Malzextrakt, Traubensüße… Laut Zutatenliste enthält ein Frucht-Riegel eines Discounters Rosinen, getrocknete Apfelstücke, Apfelsaftkonzentrat, Cornflakes, Oligofruktose, Vollkorn-Haferflocken, Heidelbeerfruchtpulver, Palmöl,

Rote-Bete-Pulver, Oblaten, Zitrusfaser und natürliches Aroma. Obwohl „Zucker" als Begriff gar nicht vorkommt, besteht der Riegel etwa zur Hälfte daraus![4]

Wirklich ausschließen kann ich die Zuckeraufnahme allein in meinen Fastenintervallen. Zudem ist die Zufuhr von reinem Zucker nicht einmal lebenswichtig. Unser Körper gewinnt Glukose, den unbestritten wichtigsten Energielieferanten, durch Abbau langkettiger Kohlenhydrate, die in Form von Stärke beispielsweise in Brot, Kartoffeln und Gemüse enthalten sind, selbst. Den alten Römern beispielsweise war Zucker unbekannt. Zum Süßen sollen sie – neben Honig und eingedicktem Traubensaft – auch Bleiacetat (Bleizucker) und Bleicarbonat (Bleiweiß) verwendet haben. Noch bis ins 19. Jahrhundert wurde mit diesen Giften Wein süßer, klarer und farbintensiver gemacht. Dann doch lieber richtigen Zucker, obwohl ich ja trockene Weine bevorzuge. Und nach Paracelsius macht bekanntlich die Dosis das Gift.

Aschermittwoch. Nun steht die offizielle Fastenzeit an, für die ich wieder »Leberferien« gebucht habe. Tobias warf ein, dass er auf die unter Männern weit verbreitete »Selbstmedikation« nicht verzichten könne, der Alltag wäre hart genug. Soll ich stornieren? Nein, es haben sich einige Nachlässigkeiten in meine Ernährungsweise eingeschlichen und so beschließe ich als kleine Disziplinierungsmaßnahme: Keinerlei Alkohol

---

[4] https://www.wiwo.de/technologie/forschung/who-warnt-vor-versteckten-zucker-wie-wir-zuckersuechtig-werden/10864566-all.html

für die nächsten 45 Tage. Und fest gefasste Vorsätze konnte ich bisher immer umsetzen. Meiner Leber wird es jedenfalls guttun und mit einer Kalorieneinsparung einhergehen, zudem passen Verzicht und Besinnung zum biblischen Hintergrund der Fastenzeit. Apropos Glauben: Auch wenn es schizophren klingt, ich glaube mein Körper mag meine Fastenart (sogar mehr als ich). Und so schließt sich der Kreis. Mein Selbstversuch geht deutlich über die 1-2 Wochentests der Lifestyle- und Ratgebermagazine hinaus: Fast ein Jahr ist vergangen. Ich habe etliche Pfunde verloren, einige Erfahrungen gesammelt – und es hält an. Mit Gewichtsschwankungen gehe ich entspannter um und ziehe daraus Motivation zum Joggen. Meine milde Fastenvariante mit viel Gemüse und Eiweiß ist mir selbstverständlich geworden, ich schätze naturbelassene Lebensmittel, allein der Verzicht auf Zwischenmahlzeiten bleibt eine große Herausforderung! Ein Wandel in der Ernährungskultur braucht Zeit und jeder muss lernen, was ihm guttut und was zu ihm passt. Hier (m)eine sehr schlanke Zusammenfassung „gesunder Punkte“:

- echte Lebensmittel essen, also Dinge, die die eigene Großmutter auch als Lebensmittel bezeichnet hätte,
- mindestens 3 x Intervallfasten (16/8) pro Woche, (besser: grundsätzlich nur 2 bis 3 Mahlzeiten am Tag und keine Zwischenmahlzeiten),
- weniger Zucker, dafür mehr Eiweiß,
- Bewegung, Bewegung, Bewegung!

– Happy ~~End~~! –

Weihnachtlicher Höhepunkt bei Vegetariern: der Tofu-Festbraten

2018

Vegane Heirat?

„Hier weeste schon, die Steffi…"

„Nee!"

„Nu doch!"

„Na, was'n?"

„Nu, die hat jetze wieder geheiratet!"

„Echt? – Glei' wieder unner dor Haube?"

„Nu."

„Na, die tut ja och keene Zeit verblembern. Was hatt'se sich denn nu für een geangelt?"

„Nen Veterinär."

„Was?

„Nen Veterinär!"

„Echt, so'n Alten!?"

„Nee! – Das sinn doch die, die keen Fleesch ess'n tun!"

Yin und Yang in der Ehe

2018

Pflücken mit Tücken

Ende April. Wir spazieren zu dritt durch den Wald unterhalb des Botanischen Gartens Chemnitz und genießen das frische Grün, die gute Luft und das Vogelgezwitscher. Bald wandeln sich Wald zum Auwald und Weg zum Holzweg. Letzterer verläuft entlang kleiner Bachläufe über morastige Abschnitte und wird wieder zu einem schmalen Pfad. Schließlich balancieren wir zur großen Freude unseres Dreijährigen über halbierte Baumstämme durch ein kleines Sumpfgebiet, wo passenderweise sattgelbe Sumpfdotterblumen blühen.

Beim Einatmen durch die Nase bemerke ich einen Hauch von Lauch. Und schon sehen wir ein Schild mit einer Naturschutzeule und dem Text: „Dieser Bärlauch steht hier richtig! Wir fordern Sie hiermit auf, den Bestand nicht in irgendeiner Art und Weise zu dezimieren. Danke! Das Team des Botanischen Gartens".

Unterhalb des Weges pflückt eine Frau emsig Bärlauchblatter. Ihr Mann schaut vom Weg aus zu. Eine zweite Frau, auch so um die 50, sieht es und spricht sie an: „Das ist aber nicht richtig, was Sie hier tun. Haben Sie denn das Schild nicht gesehen? Dieses Bärlauchvorkommen ist geschützt!" – Doch sie wird von der Pflückerin ignoriert, die unbeirrt Blätter in ihre Tüte stopft.

„Hallo?! Bärlauch können Sie auf dem Markt kaufen! Der hier ist geschützt!!"

Bekam die Pflückerin ein schlechtes Gewissen oder wurde ein Trauma geweckt? – Jedenfalls erwidert sie: „Sind Sie Lehrerin?“

„Ja.“

„Na, das habe ich mir gleich gedacht!“

„Ja, und ich bin sehr gern Lehrerin und finde eine Vorbildfunktion wichtig. Dort wartet mein Sohn…“

Kopfschüttelnd gehen wir weiter. Nein, die Situation wird nicht eskalieren, obwohl ich weiß, dass ich deutlich hätte Partei ergreifen sollen. Doch ich möchte einfach mal entspannt und nahe am Ruhepuls durch den Wald flanieren. (Wenn unser Großer aus der Jugendherberge kommt, erzähle ich ihm von dieser Begebenheit, von geschützten Biotopen und erkläre dem Drittklässler und Römerfan auch, dass das Wort »dezimieren« auf eine Bestrafung in den Legionen zurückgeht.)

Ja, der engagierten Lehrerin hätte ich beispringen sollen! Aber die illegale Bärlauch-Sammlerin bekommt schon noch ihre Strafe und wird nicht viel Freude am Sammelgut haben. Wahrscheinlich unterrichtet die Lehrerin Biologie und hat es bemerkt. Vielleicht ist sie gar für die *decimatio* bei Strauch- und Lauchdieben? Denn wenn ich mich nicht ganz täusche, waren im Sammelgut auch ein paar Maiglöckchenblätter[5] dabei!

---

[5] Teilweise kommt es zu Verwechslungen beim Bärlauch-Sammeln, wobei ein Verzehr von Maiglöckchenblättern weit weniger dramatisch ist als von Herbstzeitloser. Wer zwei bis sechs Stunden nach dem Genuss der vermeintlichen Bärlauchblätter an Beschwerden wie Erbrechen, Krämpfen, Herz-Kreislaufproblemen oder blutigem Durchfall leidet, sollte sofort einen Arzt aufsuchen oder den Giftnotruf konsultieren. Quellen: www.wikipedia.de sowie www.pharmazeutische-zeitung.de

Der Weiß-Wein

2018
Flüchtigkeitsfehler

Bereits Mark Twain warnte: „Seien Sie vorsichtig mit Gesundheitsbüchern – Sie könnten an einem Druckfehler sterben." Aber auch das flüchtige Lesen von Artikeln oder gar die Reduktion auf eine Überschrift kann dramatische Folgen haben!

Zum Beispiel die Mahnung: „Fruchtsaft für Kleinkinder? Nicht häufiger als Champagner für die Eltern!"

Wissen Sie, was dieser Ratschlag mit meiner Familie gemacht hat!?

Unsere Kinder sind klein, wir lieben sie sehr und unsere Kinder lieben Apfelsaft. Und wie sollten wir diese Harmonien erhalten und gleichzeitig die obige Forderung erfüllen? – Genau! Wir trinken nun Champagner in rauen Mengen, früh, mittags und abends. Ja, sicher, wir ruinieren damit die Familienkasse (und die Lebern), aber die lieben Kleinen können jetzt lecker Fruchtsaft trinken, so viel sie wollen.

Tja, liebende Eltern müssen Opfer bringen. Und wir machen das mittlerweile auch wirklich gern. – Prosit!

Gesundheitsbewusste Alkoholiker

2018

Ruch

Ich stehe an der Bäckertheke und bin nun an der Reihe: „Guten Tag! Ich hätte gern ein Mischbrot."

Verkäuferin: „Und welches?"

Ich: „Ja, was ist denn das da für eins?"

Verkäuferin: „Ruchbrot."

Ich: „Wie bitte?"

Verkäuferin: „Ein Ruchbrot."

Ich: „Aha. – Und was ist bitte ein Ruchbrot?"

Verkäuferin: „Na, mit Ruchmehl gebacken!"

Ich: „Ruchmehl?"

Verkäuferin: „Ja, erzgebirgischem Ruchmehl."

Ich: „Ähem." (Ruch klingt, ehrlich gesagt, nicht sehr lecker. Auch historisch ist das Erzgebirge ja keine besonders reiche Region. Nicht, dass da alles, was in der Backstube zusammengefegt wird, ins Mehl kommt, gemäß dem Spruch: „Huch, fertig ist das Ruch!") So frage ich nach: „Was ist denn das Besondere am Ruchmehl?"

Verkäuferin: „Regionale Spezialität."

Ich: „Das heißt?"

Verkäuferin: „Nu aus dar Haamit!"

(Ich resigniere. Später recherchiere ich: »ruch« steht im Schweizer Dialekt für »rau« oder »grob«, da das Mehl nur mittel ausgemahlen ist. – Na ja, also etwas rau, ja, ansatzweise grob war eher die Verkäuferin, aber niemals aus der Schweiz. Auch nicht aus der Sächsischen ...!)

2018

Bauernbrot

Kurzurlaub auf dem Bauernhof in der Rhön. Zum Anwesen gehört ein Mühlenladen mit regionalen Produkten und eigener Bäckerei. Dort wird dreimal in der Woche Bauernbrot im Holzofen gebacken, was sehr begehrt zu sein scheint, denn an der Ladentür hängt ein Schild: „Bitte geben Sie uns Bescheid, wir reservieren gern ein oder mehrere frischgebackene Brote für Sie."

Da der Laden nur kurz am Nachmittag geöffnet ist, trete ich spontan ein und verlange ein Bauernbrot, worauf mich folgender Redeschwall trifft: – „Die sind alle. – Aber ja, ja, warten Sie mal, warten Sie mal kurz, ich rufe gleich in unserer Filiale an. Moment... Hallo Christel, ja, hier ist die Bärbel, habt ihr noch Bauernbrot im Laden – ja, was, ja nur noch eins? Gut, dann warte mal. – Ja, es ist noch eins da, wolln'se das?" – „Ähem, ja." – „Christel, ja, ja, geht klar, ja, reserviere das mal, prima, unser Kunde kommt dann gleich vorbei. Ja, ja, na klar, ebenso. Tschühüüss!"

Verdutzt stehe ich da und frage zögerlich: „Wo ist denn die Filiale? Kann man da hinlaufen?" – „Ja, das kann man, natürlich. Dauert aber." – „Hm, na ja, wie weit ist es denn?" – „Ja, keine Ahnung, nicht weit, zwei, drei Kilometer, vielleicht auch fünf. Mit dem Auto geht's aber ganz schnell. Also Sie fahren zum Zentrum, halten sich rechts, dann immer geradeaus Richtung

Mellrichstadt bis zur Genobank, dort gleich links und dann wieder links, ja, und da ist es schon, dann sehen Sie's. Können Sie eigentlich gar nicht verfehlen. – „Also ich weiß nicht…" – „Ja, das finden Sie! Gaaanz sicher!" – „Ach wissen Sie, das ist doch irgendwie zu aufwendig", versuche ich die Aktion abzuwenden, „Lassen wir es heute, wir sind noch ein paar Tage da." – „Nein, nein, das geht nicht. Das Brot ist jetzt bestellt!"

Verwundert bis belustigt kreuzt sich mein Blick mit meinen Lieben. Gut, wir nehmen das Abenteuer an und setzen uns ins Auto. – „Genobank? Keine Ahnung, die hiesige Sparkasse ist's wohl nicht, biegen wir einfach an der nächsten Bank ab." – Mit steigender Aufmerksamkeit fahren wir vom Vorort zur mittelalterlichen Ortsmitte, quer hindurch, landen auf einer Bundesstraße und müssen nach einer Weile feststellen, dass wir gerade das Ortsausgangsschild passiert haben. Wir wenden bei der nächsten Möglichkeit, also circa zwei Kilometer später. Doch Ehrgeiz und Jagdtrieb bleiben geweckt. Auf dem Rückweg finden wir die gesuchte Filiale. In der Schlange vorm Ladentisch stehend, entdecken wir ein einzelnes Brot. Es liegt abseits in der Auslage und ist in der Tat heiß begehrt. Denn in der Schlange vor uns wird mehrfach ein Mühlenbrot verlangt. Doch das letzte Brot ist *verbindlich* vorbestellt!

Insgesamt haben sich die Ausfahrt und die 6 Euro gelohnt: Wir bekamen ein großes, rundes Bauernbrot mit uriger Kruste, das fantastisch duftete und ebenso schmeckte. So gut, dass wir dazu nicht einmal Butter brauchten und es auch den Kindern pur schmeckte…

Kapitel II – Alltagsattraktionen

„Die verborgene Quelle des Humors ist nicht Freude, sondern Kummer.“

Mark Twain (1835-1910)

* * *

„Wie wenig genügt, uns glücklich zu machen, wenn wir fühlen, dass wir es verdient haben.“

Mark Twain (1835-1910)

* * *

„Der beste Weg, sich selbst eine Freude zu machen: zu versuchen, einem anderen eine Freude zu bereiten.“

Mark Twain (1835-1910)

* * *

„Es ist leichter, draußen zu bleiben als auszusteigen.“

Mark Twain (1835-1910)

* * *

„Wenn du kein Kompliment bekommen kannst – mach dir selber eins.“

Mark Twain (1835-1910)

Neulich im Kleingarten

2017
„Heimtiere“

Heimtiere mag ich nicht – und schon gar nicht welche kaufen. Ich bin der Meinung, dass wenn man Tiere aus der Nähe erleben will, Tierpark, Wildgatter oder unser Botanischer Garten die richtigen Anlaufpunkte sind. Ja, im Botanischen Garten Chemnitz gibt es zahlreiche Tiere, zwar nicht mehr als die 3.000 Pflanzenarten, aber z. B. Pferde, Ziegen, Frettchen, Raben, Uhus, Hängebauchschweine, Fische, Wachteln, Schildkröten und sogar Pfeiffrösche im Tropenhaus!

Überhaupt Heimtiere! Was soll denn das sein? – Als ich klein war, hieß das Haustier! Wir wohnten in einer kleinen Mietwohnung und mein großer Bruder hatte Goldfische. Mehr erlaubten die Eltern nicht und das war in Ordnung. – Jetzt habe ich ein modernes Haus, was ein deutlicher Aufstieg ist, aber nur noch Silberfischchen, was – insbesondere gegenüber Goldfischen – ein eindeutiger Abstieg ist.

Doch beide Arten sind anspruchslos, was mich auf eine Idee bringt, damit Erik in der Schule bei diesem Thema mitreden kann und dabei auch etwas lernt. Zudem sollen sich Kinder mit Haus- bzw. Heimtieren ja auch geistig, sozial und emotional besser entwickeln. Und so bekommt er nun doch „Heimtiere“ – und zwar vom Nikolaus – in Gestalt des Experimentierkastens: „Urzeitkrebse selbst züchten“.

Erik war begeistert und nahm die Sache sehr ernst. Verantwortungsvoll achtete er penibel auf die exakte Einhaltung der Experimentieranleitung: Wasser abkochen, das Miniaquarium ausspülen, Wasser abkühlen lassen, Spezialsalz abmessen und ins Wasser rühren, dann einige Salzkrebschen-Eier hinein. Ich meinte, dass es ruhig ein paar mehr sein dürfen und hoppla, da war dann doch deutlich mehr als eine Messerspitze drin.

Bereits am nächsten Tag zuckte es im Wasser, überall wimmelten helle Pünktchen: winzige Nauplien, die Jugendform der Urzeitkrebse. Wir freuten uns riesig über die Winzlinge und ein Wassertropfen kam unter mein altes Schulmikroskop. – Wie wir gut erkennen konnten, ist so ein Nauplius tropfenförmig, durchsichtig und man kann den gesamten Darm sehen. Er hat zahlreiche Borsten, mit denen er sich ruckartig bewegt und ein mittiges Auge. Als erwachsene Krebschen haben sie dann zwei Stielaugen und der Übergang würde mich interessieren. Teilt sich das Auge und wandert nach außen, haben die dann drei Augen oder wie geht diese Metamorphose vor sich? – Erik reißt mich aus meinen Gedanken:

„Warum heißen die Urzeitkrebse Urzeitkrebse?“

„Ähm, weil die immer genau wissen, wie spät es ist.“

„Haha, Papa!“

„Gut, die heißen so, weil die Vorfahren der Krebschen schon zu Urzeiten, vor 100 Millionen Jahren in natürlichen Salzseen lebten; sie waren viele Millionen Jahre Zeitgenossen der Dinosaurier, die wiederum vor etwa 65 Millionen Jahren ausstarben.“

„Und wie groß werden die eigentlich, Papa?"

„Sieben Meter."

„Waas?!"

„Etwa sieben Meter."

„Wieso das denn!?"

„Na, schau mal in die Anleitung. Da ist ein Saurier abgebildet, ein Elasmosaurus. Die wurden bis 14 m lang. Daneben der Urzeitkrebs, sicher ein ausgewachsenes Exemplar, ist etwa halb so groß. Macht sieben Meter."

„Echt?"

„Ja, das ist die Hälfte."

„Werden die in echt so groß, Papa?"

„Nein, keine Angst Erik. Nur bei guter Pflege!"

„Papa!!"

Am nächsten Tag hörte ich meinen Großen deutlich aus der Garderobe der 2a: „Ich habe jetzt auch Heimtiere. Viele! Also mindestens 800!" – „Was?" – „Ja." – „Haben die alle Namen?" – „Nein, nur die drei größten." – „Und welche?" – „5-vor-um, Dreiviertel und Halb." – „Hä, was sind das denn für komische Namen?" – „Ja, es sind doch »Uhrzeitkrebschen«! – „Ha-ha-ha!" – „Okay, in echt heißen sie: King, Kong und Stephen. Bis auf King hat sich das mein Papa ausgedacht."

Im Auto erfuhr ich, dass erstmals die AG Sprachenkarussell stattgefunden hatte. Der Kursleiter (sicher ein Muttersprachler aus dem englischen Sprachraum, denn Erik meinte, dass er nicht ganz so gut deutsch spricht) ließ sich zur Einstimmung von den Schülern ihre Heimtiere zurufen und übersetzte die Namen sogleich ins Englische. Was bei Hund, Katze, Maus, Fischen und

Kaninchen auch gut funktionierte – bis Erik dran war: „Urzeitkrebschen!“

Daheim fütterte Erik die Krebschen mit Salzwasseralgen, füllte Wasser nach, reicherte mit einer Pipette den Sauerstoffgehalt an und saugte Schwebstoffe ab. Dabei kam es zu einem Unfall mit King, dem größten Salzkrebschen, der versehentlich in die Pipette gesaugt und wieder herausgespritzt wurde. – „Papa! King bewegt sich nicht mehr!“ – Meine Bemerkungen: „Der King ist tot, es lebe der King of Pop…ulation!“ und: „Siehst du, reine Größe ist nicht unbedingt ein Vorteil, denk an die Saurier“, waren kein Trost. Und so lenkte ich Eriks Aufmerksamkeit in Richtung Wissenschaft. Ich legte King auf einen Objektträger, Erik baute das Mikroskop auf und wir untersuchten King gründlich und zogen so noch etwas Nutzen aus dem Vorfall. Dabei hatten wir gute Beobachtungsbedingungen, nur ein Beinchen zuckte schwach. Verletzungen erkannten wir keine, stellten aber fest, dass das Naupliusauge an der Stirnseite erhalten bleibt. Erwachsene Salzkrebse haben also drei Augen!

Sicherheitshalber hatte ich in einem leeren Honigglas eine zweite Population angesetzt, falls mit Eriks Zucht etwas schiefgehen sollte. Und ich war erstaunt wie gut das klappte, da ich weder Spezialsalz verwendet noch besonders genau dosiert hatte. Ja, ich war regelrecht erschrocken, wie schnell die Tiere wuchsen. Einige schienen ihre Größe über Nacht verdoppelt zu haben! Von einem halben auf einen Zentimeter. Wenn das eine Woche so weitergeht: 2, 4, 8, 16, 32, 64, 128 cm, passen die nicht mal mehr in die Badewanne. Und nach 10½ Tagen wären es bereits die besagten 7 Meter! – Doch zu meiner Beruhigung stellte ich fest, dass es nur der Vergrößerungseffekt durch das runde Glas war.

„Papa, was machen die beiden da?", fragt Erik und zeigt auf zwei Salzkrebschen. Eins umklammert das andere und lässt sich huckepack durchs Wasser ziehen. Ich glaubte etwas von Jungfernzeugung gelesen zu haben, doch das sieht mir hier sehr eindeutig aus: „Ähem, die haben sich verhakt", weiche ich aus. – Erik am nächsten Tag: „Papa, die sind immer noch verhakt." – „Echt?" – „Ja, und die machen lustige Loopings zusammen. Cool." – Tatsächlich, die beiden sausten und kreiselten noch immer eng verbunden herum. Also bis eben war ich ja nicht besonders neidisch auf die Urzeitkrebschen. – Bis eben! – Durch diese Höhepunkte animiert, kümmert sich Erik wieder intensiver um die Krebschen und spritzt zur Sauerstoffanreicherung mit der Pipette Wasser ins Miniaquarium. – „Oh, Papa, jetzt sind sie getrennt, der Wasserstrahl hat sie getroffen." – „Ja, schade", sage ich und denke: Einen Coitus interruptus kann man das nun nicht unbedingt nennen.

Wir haben gelesen, dass die Lebenserwartung der Salzkrebschen 8-10 Wochen beträgt und jetzt ist bereits die achte Woche angebrochen. Egal, wie es jetzt weitergeht, wir haben viel gelernt und gelacht (mehr als sieben Meter am Stück): Erik den Umgang mit Lupe, Pipette und Mikroskop sowie beim Taschenlampenversuch, dass die einäugigen Nauplien stets zum Licht schwimmen. Denn wo Licht ist, wachsen Algen.

Wir haben erfahren, dass Urzeitkrebse mit ihren zarten Beinchen atmen und die Artemia-Dauereier aus dem Großen Salzsee in Nordamerika stammen, ihn auf Landkarten und Satellitenbildern gesucht und gefunden. Dort werden jeden Herbst schier unglaubliche Mengen der Dauereier (Cysten) von Spezialschiffen geerntet, da die Nauplien ein begehrtes Lebendfutter für Jung- und Zierfische sind.

In der Experimentieranleitung stand etwas von über 90 % Verlusten beim Heranwachsen der Larven, was durchaus realistisch war. Dann wurde die Population stabiler und mich faszinierten Bewegungsfreude, Salz- und Sauerstofftoleranz. Mit jeder Häutung wurden die Tierchen größer und nun schließlich auch weniger: von den geschätzten 800 auf jetzt 12 ausgewachsene Exemplare und einen Nachzügler. Die zehnte Woche neigt sich ihrem Ende entgegen. Lebendgeburten konnten wir leider nicht beobachten, aber alle Weibchen tragen Päckchen mit Dauereiern und wir überlegen, was wir damit machen. Ein Freund von Erik hat ein Aquarium mit hungrigen…

Nein, das machen wir nicht. Wir trocknen die Eier, die wir unwissentlich wohl auch schon zum Teil bei der Aquarienpflege abgesaugt haben und warten ein paar Jahre bis Eriks Brüderchen auch Heimtiere haben will. Dann kann auch er frustfrei lernen, denn die Krebschen können so einiges ab, Verantwortung für Tiere zu tragen. Umsicht und Verantwortungsbewusstsein können wir Menschen ja gar nicht genug besitzen, denn sonst überleben die robusten Urzeitkrebschen auch uns!

Karl Marx beim Hellseher

2017/18
Heimreise oder: Leuchtturm im Binnenland

Vater meinte am Telefon: „Ich lese mal wieder in deiner »Rotweinlaune«. Ein Bahnfreund bist du ja nicht gerade.“ – „Doch, doch, also ich war es mal und will es auch wieder werden. Meine Dienstreise morgen ist per Bahn geplant und ich freue mich schon auf das entspannte Lesen im Zug.“ Und so war es denn auch: Ich lief durch den grauen Novembernachmittag bis zum Chemnitzer Hauptbahnhof, 1. Umstieg in Leipzig, wo ich trotz empfindlicher Kälte beherrscht einen Glühweinstand passierte, dann gemütlich Lesen und etwas WLAN-Surfen im warmen ICE bis nach Frankfurt/Main.

Pünktlich am Ziel rollerte ich meinen Koffer am Fuße der beeindruckenden, stadtbildprägenden Wolkenkratzer die 2 Kilometer bis zum Hotel, wo am Folgetag mein Workshop stattfand. Der war gleichermaßen interessant wie preisintensiv. So blieb ich auch bis ganz zum Schluss und sparte Reisekosten für die Firma, indem ich wiederum am Fuße der beleuchteten Hochhäuser von „Mainhattan“ zum Bahnhof eilte. Ich erreichte den Zug, fand einen Sitzplatz, doch dann kam Hektik auf. In kurzer Folge ertönten Durchsagen, dass dies nicht der Zug nach Mainz sei. Da wollte ich auch gar nicht hin! Ich wusste nur, dass laut Fahrplan an diesem Bahnsteig um diese Uhrzeit ein Zug die 5-Minuten-Strecke bis Frankfurt-Süd fahren sollte, wobei ob der bisher aufgelaufenen Verspätung meine Anschlussverbindung in Gefahr geriet. Nervös verließ ich meinen Platz und postierte mich in Türnähe, doch dann ging es los. Erster Halt tatsächlich in Süd. Kalt, zugig, leider kein Glühweinstand weit und breit, aber Umstieg geschafft, alles wieder gut. Die Fahrt im ICE bis Leipzig war okay, vielleicht etwas eng und mit Sitzrichtung entgegen der Fahrtrichtung (für fast alle Insassen), aber ich will ja nicht nörgeln.

In Leipzig reichlich Aufenthalt, wo es mir wieder arg kalt vorkam. Der Glühweinstand hatte leider schon geschlossen. Vor der letzten Direktverbindung nach Chemnitz hatte der DB-online-Reiseplaner eine Regionalbahnverbindung über Döbeln vorgeschlagen und es erschien mir klug, nicht den letzten Zug zu nehmen. Eine fatale Entscheidung, wie ich noch feststellen sollte. Doch zunächst stellte ich fest, dass sich das Publikum auf dem nächtlichen Bahnhof verändert hatte, Tendenz: älter, männlicher, verlebter. Markante Ausnahme war eine kleine, feminine Erscheinung mit rosa Jacke, rosa Haaren, Nasenring, Stiefeln und auffälligen Netzstrumpfhosen. Das Makeup hatte sie ob ihres Alters beileibe nicht nötig. Gewollt? Geschäftlich? Gewagt!

Endlich kam die Regionalbahn, ich stieg ein, ebenso einige angetrunkene Typen, ein telefonierender Mann und weiter hinten das auffällige Mädchen, das ich launig *Netzstrumpfhose* taufte sowie ein paar verloren wirkende Gestalten. Der Telefonierende sprach derart laut, dass ihn sein Gesprächspartner bei offenem Fenster auch so hören dürfte. Der Reisezugwagen ächzte, trotz

Noise-Cancelling-Kopfhörer hatte ich keine Chance, meinem Hörbuch zu folgen.

Mit jedem Halt entvölkerte sich der Zug, Gestalten verschwanden in die Nacht, nur der telefonierende Typ schrie weiter in sein Smartphone. Ich flüchtete in den nächsten Wagen, der jedoch noch lauter knarrte und ächzte. Vor dem Halt in Döbeln kam die Durchsage, dass sich Weiterreisende nach Chemnitz beim Zugführer melden sollen. Als ich ihn fand, sprach er gerade zu Miss *Netzstrumpfhose:* „... also am Bahnhofsgebäude rechts vorbei und durch die Unterführung zum Bahnsteig 4. Sehn'se, dort steht er schon." – Ich sah, dass ihr Nasenring filigrane Verzierungen trug und erinnerte mich plötzlich an die Umsteigezeit von vier Minuten.

Es ist höchste Eisenbahn! Ich hatte zwar den vorletzten Zug in Leipzig genommen, aber jetzt ging es um die letzte Verbindung in Döbeln! Ich eile mit meinem Rollkoffer der gestiefelten *Netzstrumpfhose* hinterher. Sie passiert das Bahnhofsgebäude, ich hole auf. Sie findet nicht gleich den Eingang zur Unterführung. Wir hasten die Treppen hinab und wieder hinauf, ich bin dicht hinter ihr. Sind das in die Strumpfhose eingewebte Tattoos?

Zeitgleich erreichen wir den Bahnsteig, wo der Zug steht. Hurra, geschafft! Ich flitze zur Waggontür links von ihr und drücke auf den Türöffner. Nichts passiert! Aus dem Augenwinkel sehe ich, dass sich die Tür vor ihr ebenfalls nicht öffnet. Ich drücke nochmals kräftig und haste zur nächsten Tür, als der Zug anruckt und sich in Bewegung setzt. Nein! – Doch!!

Zeitgleich treffen mich Wellen aus völligem Unglauben, ob dies gerade passiert und blanker Wut, weil es gerade passiert. Der Zug fährt los. – „Heejj!!“, rufe ich, „das kann doch wohl nicht wahr sein!“

Eine Sturmflut der Gefühle kocht in mir auf. Gemeinheit! – Negative Energien spülen mich vom Bahnsteig. Wo ist der andere Zug? Abgefahren! Ja, abgefahren ist das. Nein: Gefahren! Gefahren sind das. So eine Frechheit! Halb zwölf! Was soll ich denn jetzt machen? Die Schweine! Unglaublich! Bin fassungslos. Haben die das vorsätzlich gemacht oder überhaupt nicht mitbekommen? Sauerei!! Frechheit! Bodenlose Gemeinheit! Ich eile in die kalte Nacht. Der Bahnhof ist verlassen, rundherum Dunkelheit. Taxistand? Fehlanzeige! Gestrandet. – Nein. – Ausgesetzt in Döbeln!

Aufgebracht stürme ich durch die Nacht! Niemand ist zu sehen: Ödland ums Bahngelände, triste Häuser, schwarze Fenster, vereinzelte Lichter. Stille. Dann eine Kreuzung, eine Unterführung, dahinter ein großes Gebäude. Ein Hotel? Da finde ich vielleicht Hilfe. Ich eile hin und trete ein. Die Rezeption ist beleuchtet aber nicht besetzt. Mit der flachen Hand schlage ich auf die Tischglocke und warte. Nichts. Läute nochmals… Ich zögere, doch dann gehe ich einen schwach erleuchteten Gang entlang, öffne eine angelehnte Tür und betrete unsicher… einen hell erleuchteten Bankettsaal: Lange Tafeln mit blendendweißen Tischtüchern, kunstvoll gefalteten Servietten, blitzendem Kristall, akkurat ausgerichtetem Besteck; umrahmt von weiß bezogenen Stühlen, darüber große Deckenlüster und eine Stuckdecke im Rosaton der Vorhänge. Surreal! Und unwirklich bis unheimlich ... Nein, hier bleibe ich nicht.

Getrieben von Aktionismus und einem Teil Verzweiflung eile ich zurück auf die Straße. Alles wie ausgestorben, kein Verkehr, keine Passanten, Stille. Ein Smartphone habe ich nicht, doch mein Uralt-Handy könnte Rettungsanker sein. Daheim springt der AB an, meine SMS bleibt ungelesen, sicher schlafen alle. Wen anrufen? Ich scrolle durchs Telefonbuch, etliche Einträge sind so alt wie das Handy: zwölf Jahre; so alt wie meine beiden Jungs zusammengenommen.

Ich rufe die Auskunft an. Ein psychologisch wertvoller aber teurer Anruf, wie sich zeigen wird. Einer empathischen Frau schildere ich meine Lage. Sie sendet via SMS Kontaktdaten von vier lokalen Taxiunternehmen und verbindet mich wunschgemäß mit der DB-Hotline. Obwohl mich das eben geführte Telefonat etwas beruhigt hat, ist die Dame mit meiner emotionalen Situationsschilderung vollkommen überfordert. Dass Aussagen wie: „Die nächste Verbindung ist 5:11 Uhr.“, „Das weiß ich nicht.“, „Da kann ich nix tun!“, „Keine Ahnung, wir machen hier nur die Fahrpläne.“ *nicht* hilfreich sind ist klar, wobei ich zugeben muss, dass sie nicht oft zu Wort kam. Ich beende das unbefriedigende Gespräch mit: „Also ich fühle mich hier ausgesetzt und alleingelassen. Der Kundenservice, sofern der Bahn die Wortbedeutung bekannt ist, ist unterirdisch!“

Während des Disputs bin ich unbewusst zum Bahnhof gelaufen und sehe die junge Frau mit dem rosa Haar telefonieren. Achselzuckend grüßen wir einander. Ich rufe nacheinander die vier Taxiunternehmen an: Rufe, die allesamt ins Leere gehen. Frustriert scrolle ich durch die Kontaktdaten und finde die Mobilnummer unserer Chefsekretärin. Zögere und drücke dann kurzerhand auf „Anrufen“. Nichts... Die Nummer existiert nicht. Doch da ist noch eine zweite Nummer. Mit Rufton! – Und ich führe ein überaus hilfreiches wie auch schicksalhaftes Telefonat, was ich natürlich weder ahne noch beabsichtige. Schläfrig fragt Denise, was denn los sei. Ich skizziere die Lage und erkundige mich, ob es statthaft ist, auf Firmenkosten ein Taxi aus Chemnitz kommen zu lassen, benötige hauptsächlich aber etwas mentale Unterstützung. – „Was? Wo? Na ja. Ja, also probier das. Also du machst vielleicht Sachen!“

Ich lege auf, bestelle ein Taxi in Chemnitz, atme erleichtert durch. Unterdessen SMS-Verkehr mit Denise: „Was haste denn jetzt gemacht?“ – „Ein Taxi bestellt, das dauert aber.“ – „Na, da haste mir ja ‘nen schönen Schrecken eingejagt!“ – „Sorry, ich versuch es mittlerweile mit Humor zu nehmen.“ – „Na, lustig war das grad nicht! Erklär sowas mal...“ – „Kann‘s mir selber nicht erklären. – „Am meisten verwirrt ist mein Mann!“ – „Na, ich erst! Da schreibe ich einen Text drüber...“

Langsam werde ich entspannter. Das rosa Mädchen hat aufgehört zu telefonieren. Sie fröstelt. Kein Wunder! Auch mir ist kalt, das hatte ich in der Aufregung bisher gar nicht mitbekommen. Elend schweißt zusammen und so frage ich: „Wo müssen Sie denn noch hin?“ – „Chemnitz.“ – „Oh! Ich auch. Habe gerade ein Taxi bestellt, dauert aber.“ Sie antwortet, dass sie mit ihren

Freundinnen telefoniert habe, die sie abholen kommen. – „Sie könnten im Taxi mitkommen." – „Sehr freundlich, meine Freundinnen sind schon unterwegs, ist nur ein kleines Mädelsauto", fügt sie in charmantem Akzent hinzu, wahrscheinlich um nicht fragen zu müssen, ob ich mitwill. – Ich frage ins Blaue: „Was studieren Sie denn?" und lande einen Treffer. – „Kommunikations- und Medienwissenschaft". Ich berichte, dass ich auch an der TU Chemnitz studiert und als Dozent gearbeitet habe, mich Medien interessieren, insbesondere Bücher. Ein Satz ergibt den nächsten, nach einem Galopp quer durch Buchmarkt und Literaturszene sind wir plötzlich beim Du, bei Goethe, speziell Faust und der Gretchenfrage, als ein Auto auftaucht. Sie meint, dass Sie das Buch erst bestellt habe, aber darauf brenne, es zu lesen, um mitreden zu können. – Zwei Mädels steigen aus und schließen das rosa Mädchen, das ich so schnöde umgetauft hatte, in die Arme. – „Was machst du bloß wieder für Sachen!" – Das kleine *Mädelsauto* ist immerhin ein Golf 7 und die Mädels fragen zögernd, ob ich klarkomme oder mitwill. – „Danke, danke, Taxi ist bestellt und sicher schon unterwegs", was eine ankommende SMS vom Taxiunternehmen bestätigt, die allerdings noch eine halbe Stunde Wartezeit avisiert. Hupend rollt der VW in die finstere Nacht.

Langsam kriechen die Minuten dahin und ich spüre wie die Kälte unter meine Sachen kriecht. Ich laufe hin und her, hin und her und noch einmal zum Kreisverkehr. Wärmere Klamotten sind im Koffer, doch nichts zum schnell drüberziehen. Jetzt einen Glühwein! Auch wenn vermutlich alle Döbelner tief schlafen, auf der Straße ziehe ich mich jetzt nicht um, mir ist bereits zu kalt dazu. – Träge verrinnt die Zeit... Dann endlich ein Lichtstrahl! Ein Auto und tatsächlich: mein Taxi.

Ich winke, es hält. Ein junger, vollbärtiger Fahrer steigt aus, lädt meinen Koffer ein und los geht's... Wir sehen im Lichtkegel einen Fuchs am Straßenrand. Ich taue langsam auf, der Fahrer ist bereits auf Betriebstemperatur: „Na, der hat bestimmt dem Hasen in Döbeln »Gute Nacht« gesagt!" und sprudelt weiter: „Dann sehen wir das größte Kunstwerk von Sachsen, ja von Deutschland, vielleicht. Also ich find's fantastsch. Weil, seit gestern ist doch die Esse, der große Schornstein beleuchtet. Nur die Farbgebung, na ja, also die Reihenfolge! Oben gelb wie Dynamo Dresden. Geht ja gar ni, dann lila wie Aue, aua, aua, Mensch, Mensch, Mensch ... und erst an 4. Stelle das Himmelblau vom CFC! Mann, Mann, Mann. Na ja, kanner ja ni wissen, der Künstler – is ja och gar ni von hier."

Dann sehen wir den illuminierten Schornstein. – „Is das ni doll? Wie Glas! Große Glasse." – „Ja, sechs sehr imposante Farbsegmente, aber auch freundlich und regelrecht plastisch-filigran, hätte ich echt nicht gedacht", meine Laune bessert sich weiter. Mir wird warm ums Herz. Zum Glück sind es keine Lauflichter geworden. Ein 302 Meter hoher »Leuchtturm« für eine Stadt, die zu oft im Schatten oder zu klischeebeladen am Ende irgendwelcher Großstadt-Rankings steht. Meiner aktuellen Wahlheimat, einer Stadt für den zweiten Blick, den man ihr vorurteilsfrei gewähren sollte.

„Nu hoffentlich schalten‘se den ni glei wiedor ab, gestern fehlte schonn de unnere Hälfte! Aber beim rischtsch Hinguggen war‘s nur weschen dem Rooch aus den kleenen Schornsteenen.“ – „Den Kühltürmen?“ – „Nu, den beeden dicken Dingern dorte.“

Kurz vor halb zwei steige ich aus dem Taxi, zahle mit einem Grünen. – Endlich daheim! Ich gönne mir eine heiße Dusche, zehn Minuten später bin ich im Bett, nach weiteren fünf eingeschlafen, doch das war nichts im Vergleich zur lieben Sekretärin. Sie war bestimmt drei Stunden früher im Bett, ist aber erst gegen 3 Uhr nach einem Streit mit ihrem Mann eingeschlafen, wie ich mir am nächsten Tag im Büro anhören muss:

„Also mitten in der Nacht anzurufen!“

„Sorry Denise! Das war doch ein Notruf! Also fast. Und daheim waren alle offline.“

„Kein Wunder um die Uhrzeit! Ich war ja ooch im Bett und hab‘ das Ding sonst immer auf Flugmodus!“

„Dein Bett?“

„Nee, mein Smartphone!“

„Na, da hatte ich ja quasi Glück im Unglück.“

„Du vielleicht. Ich ni! – Also, das war garni lustig!“

„Nein, in der Tat, ich fand das auch nicht lustig!“

„Am allerwenigsten mein Mann!! – Und wenn nun mein Liebhaber angerufen hätte!?“

„Aber der war‘s ja gar nicht! Nur ich. – Du warst also eher enttäuscht denn gestört?“

„Na, du nu wieder! So‘n Quark aber och … – Wenn de‘ wenigstens was getrunken gehabt hättest!“

„Was? Betrunken darf ich dich nachts anrufen?“

„Quatsch! Aber warum hast du denn ausgerechnet mich angerufen?“

„Weil ich keine Geliebte habe“, wäre eine passende Antwort gewesen, doch ich sage: „Na, weil du meine Dienstreise gebucht hast.“

„Die Verbindung hast du dir doch rausgesucht!“

„Komm, du bist da viel erfahrener. – Apropos Verbindung: Warum biste denn überhaupt rangegangen?“

„Hätt‘ ja was Schlimmes passiert sein können ...“

„Das war schlimm!“

„Nein, schlimm ist, wenn‘s brennt, wenn jemand in meiner Familie überfallen oder verletzt wurde oder wenn‘s Tote gab!“

„Muss man erst Verwandte von dir töten, um einen Anruf der Verzweiflung rechtfertigen zu können?“

„Werd ni unsachlich! Mach dir lieber ‘n Kopp, wie de das wiedergutmachen kannst. Ich sag nur »Schuhe« und »Gutschein«!“

Mit Reden kam ich also nicht weiter, ich sollte und wollte es auch wiedergutmachen, obwohl ich mir keiner besonderen Schuld bewusst war. Ein Gutschein ist mir jedenfalls zu unpersönlich. Doch ein freundlicher Kollege gab mir einen Tipp: Über Blumen freuen sich Frauen immer!

Ich ließ mich also nicht lumpen und bestellte ein Blumenbukett: einen Premiumstrauß mit weißer Lilie und zwanzig tiefrot leuchtenden Edelrosen, feiner Lindt-Schokolade und ein Piccolo Moët & Chandon Brut Impérial Rosé ... und schickte ihr das Ganze per Eilkurier direkt nach Hause. – Die Scheidung läuft.

Epilog: Genauso, wie ich automatisch generierte Bahnverbindungen nie wieder unkritisch übernehme, rate ich von flüchtiger Beurteilung nach Äußerlichkeiten ab sowie unbedingt von nächtlichen Anrufen bei verheirateten Frauen. – Insbesondere welchen mit Liebhaber!

Wenn streikende Lokführer unerwartet nach Hause kommen

2018

Die 1. ist die Schwerste

Ich wohne in einer guten, wahrscheinlich sogar sehr guten Lage, doch als „Wohlstandsviertel“ oder „Bessergestellten-Biotop“ möchte ich sie nicht bezeichnen. Bezeichnend ist: Der Einzige, der hier die Sommer- und Winterräder noch selbst wechselt, bin ich! Das lässt einerseits mein Ansehen bei Kindern wachsen: „Wow, was machst du denn da? Können wir mitmachen?“, bei Erwachsenen eher schrumpfen: Sparzwang? Sinkt der Verkehrswert unserer Häuser, wenn hier einer regelmäßig am Auto schraubt? – Ich versuche mir einzureden, dass die anderen die Räder gar nicht selbst wechseln *können*, bei SUVs ist das ja auch praktisch voll unpraktisch. Aber die meisten wollen einfach nur nicht. Strenggenommen rechne ich mich zu letzteren, mache es aber trotzdem. Warum? Ja, um zu sparen: Zeit!

Werkstatttermin machen mit langen Wartezeiten in der Hochsaison, hinfahren, warten, zurückfahren..., da habe ich keine Lust drauf. Zum Räder-Wechseln habe ich ebenfalls keine Lust, aber Ostern ist schon vorbei, die Wettervorhersage bietet keine Ausreden und etwas praktische Arbeit schadet ja nicht. – Mein großer Sohn mag nicht helfen, sondern lieber mit mir Monopoly spielen und Millionen scheffeln. Der Kleine wäre sicher begeistert, macht aber Mittagsschlaf. Ehrlich gesagt, das würde ich jetzt auch am liebsten tun.

Also los, je schneller ich beginne, umso eher bin ich fertig. Mein Vater hat bis zum Alter von 88 alle Radwechsel selbst gemacht und „pausiert nun", wie er sich ausdrückt, was fraglos in Ordnung ist. „Reifenwechsel am Fahrrad reicht", fügte er hinzu, da er vorgestern wegen einem Platten die drei Kilometer vom Garten nach Hause schieben musste. – Was wäre ich froh, wenn ich in der Lage wäre, bis zu meinem 88. die Räder noch selbst zu wechseln. Das ist ein Geschenk! Andererseits wären das noch 40 Jahre, also 80 Komplettwechsel – sprich 320 Räder. Eine Million spare ich damit nicht, doch *mit 90 noch radeln zu können,* das kann man sich für eine Million € nicht kaufen. Und auch nicht für Milliarden!

Zudem ist alles relativ: 1 Million mag viel Geld sein, aber wenn ein Brot 2 Millionen kostet, ist das nur ein Trinkgeld. Und ich habe recherchiert: Gegen Ende der deutschen Hyperinflation, genauer gesagt in der nur 8 Tage dauernden Portoperiode 24 (bis zum 19.11.1923, exakt 4 Jahre vor Vaters Geburt) kostete das Porto für einen Fernbrief (bis 20 g) 10 Milliarden Mark.[6] – Da konnte man mit der Aufschrift „Porto zahlt Empfänger" locker Milliardäre ruinieren! Das ist heftiger als meine Aktienstrategie, mit der man relativ schnell Millionär werden kann, allerdings nur, wenn man vorher

---

6 Und das war längst nicht das Ende der Fahnenstange, ich habe einen Eilbrief vom 04.12.1923 gesehen, der völlig korrekt mit 400 Milliarden Mark frankiert war (obwohl damals bereits alternativ 40 Rentenpfennige möglich waren). Quelle: www.inflaberlin.de/17_Daten/Belege/PP27a/BF.pdf?m=1475331401&

Milliardär war. Doch genug vom schnöden Mammon. Die Hürden festsitzender Radbolzen und der regelmäßigen Suche nach meinem Felgenschlüssel sind genommen, alle Räder gewechselt, die Felgen poliert, jetzt gilt es das Gefühl getaner Arbeit zu genießen und die sozialen Kontakte zu festigen.

Eine neue Nachbarin lehnt meine spontan angebotene Hilfe beim Wäscheaufhängen mit Blick auf meine schwarzen Hände dankend ab. Am Ende der Straße stehen einige Nachbarn mit Smartphones. Die machen wahrscheinlich gerade Werkstatttermine. – Als ich bei ihnen angekommen bin, tauschen sie sich aus, welche Immobilien sie jüngst im Umfeld gekauft haben und welche Nettokaltmieten sie bei der Vermietung aufrufen. Da ich bei diesen Themen rein gar nichts beizutragen habe, platze ich nach einer Weile heraus: „Also ich arbeite gerade an meiner 2. Million!“ und wecke sofort höchstes Erstaunen im illustren Kreis. Hatten mich beim Räderwechsel eher mitleidige Blicke gestreift, so konzentriert sich jetzt die volle Aufmerksamkeit aller Anwesenden allein auf mich. – Bevor das Schweigen endgültig peinlich wird, füge ich gedämpft an: „Na ja, also, dass mit der 1. hat ja nicht geklappt.“

Ich schlendere zurück und schaue auf meine Hände. Gut, dass ich noch reichlich Waschpaste habe. Mit, wie so oft, leicht verzögerter Schlagfertigkeit fällt mir ein passendes Zitat ein, was ich eben hätte gut gebrauchen können: „Zum Reichtum führen viele Wege. Und die meisten sind schmutzig.“ (Marcus Tullius Cicero) – Und im Kontext auch passend: Manus manum lavat!

Neu: Autos von IKEA

2018

Findling

Auch mit Abstand einiger Wochen ist mir jedes Detail meines Erlebnisses im Dessau-Wörlitzer Gartenreich noch so gegenwärtig, dass ich die Aneinanderreihung der so wunderbar angenehmen Momente quasi mit geschlossenen Augen rekapitulieren kann.

Nach der Anmeldung im Hotel und einem kurzen Spaziergang, den ich mir zum ‚Einschwingen' gönnte, konnte meine Joggingrunde durchs Weltkulturerbe beginnen. Auf etlichen Trainingsrunden im heimischen Küchwald hatte ich mir vorfreudig ausgemalt, wie ich auf einem ausgedehnten Parcours durch die Wörlitzer Anlagen lief. Nun war es soweit! Leichten Schrittes lief ich zur Gondelstation, an der Teelaubenfähre vorbei und über die kleine weiße Klappbrücke am Schwanenteich. Dann passierte ich Amtsfähre und Synagoge, sichtete die Insel »Stein« mit der Villa Hamilton, hielt mich an der Grotte der Egeria links und joggte weiter entlang des Georgenkanals. Ich überquerte die fotogene, frisch restaurierte Eiserne Brücke[7] mit ihrem nur

[7] Sie wurde 1791 errichtet und war die erste gusseiserne Brücke des europäischen Festlands. Dabei handelt es sich um eine im Maßstab 1:4 verkleinerte Nachbildung der Iron Bridge in England (südlich von Coalbrookdale), der weltweit ersten Gusseisenbrücke (1779). – Wie bin ich froh, dass bisher keine deutsche Behörde hier ein irgendeiner Norm genügendes Geländer zwingend angeordnet hat! (Das kleine Hinweisschild reicht vollkommen.)

etwa 20 Zentimeter hohen Geländer und folgte dem kleinen Wasserlauf mit seinen Sichtachsen zum Piemonteser Bauernhaus und zur Amalieninsel. Dann ging es vorsichtigen Schrittes über die geschwungene Sonnenbrücke mit den vergoldeten Strahlen, während die Abendsonne tatsächlich ihre letzten güldenen Streifen flach in den Park warf. Rechterhand lag die Insel der Totenerinnerung. Ich lief am Großen Walloch entlang bis zum Roten Wallwachhaus, von wo es auf dem Wall in westliche Richtung weiterging. Mein Blick fiel auf die weiten, mit Solitärbäumen gekrönten Elbauen: Sattgrüne Wiesen wurden von Fließgräben durchzogen und ein langgestrecktes, tiefblaues Gewässer von einer fünfschnäbligen Schwanenfamilie geschmückt.

Auf dem Damm sah ich vor mir eine ältere Dame flotten Schrittes *powerwalken*. Beim Überholen bemerkte ich, dass sie kleine Hanteln in den Fäusten hielt. Ich lief etwa fünfzig Meter, doch dann, kurz vorm Pantheon stoppte ich unvermittelt. Denn ich erblickte etwas sehr Seltenes, etwas, das ich noch nie in natura und erst kürzlich in einer arte-Naturdokumentation gesehen hatte. War ich da bereits fasziniert, so war ich es jetzt erst recht und mein Lächeln, das sich im Gartenreich stets einstellt, wurde breiter und stahlender. Genial. Und ich war ganz nah dran! – Unmittelbar am Wegesrand saß still und bewegungslos auf einem großen Granitfindling eine junge, flaumige, etwa 20 Zentimeter große Eule – ein Ästling, wie ich gelernt hatte. Ringsum zeterten etliche Amseln, doch die kleine Eule blickte aus rot geränderten Augen stoisch geradeaus.

Rasch war die ältere Dame heran und fragte mich, sichtlich besorgt, ob es mir gut gehe. – Na toll, was vermittle ich denn für einen Trainingszustand? Wird ein Stopp gleich als möglicher Infarkt gewertet? – Sogleich schob ich diese Gedanken beiseite und deutete lächelnd auf den Ästling. Und drei reglose Gestalten betrachteten sich wechselseitig. – Faszinierend.

Wir flüsterten und bedauerten, keine Kamera dabeizuhaben. Dann eben mit den Augen fotografieren! Noch nie hatte die Dame, die oft im Park unterwegs ist, dergleichen gesehen. Ich berichtete, dass ich im Gartenreich schon das Glück hatte, Waldohreulen und -käuze zu sehen und zu fotografieren, aber nie so nah, nie ein Jungtier. Wunderbar. Fabelhaft! Wir erfreuten uns noch eine Weile still an der Szenerie, nickten einander lächelnd zu und entfernten uns leise.

Beim Weiterlaufen kreisten meine Gedanken um den Ästling, den ich, da er auf einem großen Stein saß, *Findling* taufte. Ich freute mich, daheim meinen beiden Jungs davon zu berichten. Aber ohne Bild bringt das bei kleinen Buben sicher nur die halbe Punktzahl. Ein Ästling-Foto im Internet suchen? Das wäre eine Möglichkeit, doch nur die zweitbeste. Gedankenvoll lief ich weiter, hielt nahe der Goldenen Urne inne, genoss den Toleranzblick – einen genialen Sichtfächer auf Synagoge, Kirche und Warnungsaltar. Dann passierte ich das Monument mit seiner antiken Säule auf der Spitze, nahm aber sonst nicht viel wahr: die Sichtachse am Kleinen Walloch nicht, den Venustempel und die formidable Luisenklippe kaum. Ich war zu abgelenkt und zu aufgeregt. Immerzu musste ich an den Ästling denken und daran, dass ich kein Bild von ihm hatte, und dass der Kleine wahrscheinlich in Gefahr war. Ja, ich machte mir Sorgen, er saß zu tief und zu gut sichtbar! So entschied ich, nicht die große Runde bis zum Rauen Wallwachhaus zu laufen. Ich bog scharf nach links und lief einen Teil des Elberadwegs auf der Coswiger Straße, an der Falknerei, dem ehemaligen Forsthaus und der Rousseauinsel vorbei und rannte, immer schneller werdend, auf der Allee vis-à-vis Neumarks Garten über die Friederickenbrücke zurück zum Hotel. An der Rezeption nahm ich flugs meinen Zimmerschlüssel aus dem Körbchen. Trotz des offensichtlich geringen Sicherheitsstandards war ich froh, niemanden anzutreffen, hatte ich doch erst vor einer dreiviertel Stunde von meiner ausgedehnten Joggingrunde getönt und mir für den Tagesabschluss die Sauna vorbestellt. Schnell holte ich meine Kamera und ging auf die zweite Runde.

Wird *Findling* noch auf dem Findling sitzen? – Besorgt und etwas abergläubisch beschloss ich, falls mir ein Foto gelingt, einen Text zum Bild zu verfassen. – Bald war ich an der Insel Stein vorbei, dann wieder am Georgenkanal und schließlich bangen Blickes auf dem weiten Bogen hinter der goldenen Sonnenbrücke. Wird *Findling* noch da sein, fragte ich mich mit klopfendem Herzen. Da entdeckte ich in etwa 80 Meter Entfernung zwischen großen Büschen den Granitfindling auf dem Wall und darauf einen kleinen, hellgrauen Punkt!

Sogleich machte ich ein ‚Sicherheitsfoto', dann lief ich innerlich jubilierend weiter. Berührten meine Füße den Boden? Federleicht eilte ich dahin, flog förmlich, war rasch wieder auf dem Damm und näherte mich „meinem" *Findling* in mühsam beherrschter Langsamkeit und mit aktivierter Videoaufnahme. – Unbeeindruckt saß die kleine Eule auf dem Granitbrocken. Beeindruckt machte ich hastig einige Fotos, zeichnete ein kleines Video auf und wurde endlich entspannter. Ich stellte mir vor, wie ich die Sequenz daheim zeige, meine Jungs gebannt zusehen – bis schließlich einer fragt: „Passiert da auch was, Papa?" und ich antworten würde: „Ja, bei Sekunde 38 zwinkert *Findling* kurz mit dem linken Auge."

Da vernahm ich ein Knirschen. Zwei Damen kamen ihre Fahrräder schiebend auf mich zu. Ich ging ihnen ein Stück entgegen und wies bedeutungsvoll in Richtung des Findlings. Sie nickten wissend. Sie hatten den Ästling vor etwa zehn Minuten gesehen und sind dann noch einmal umgekehrt. – Ich merkte an, dass ich ebenfalls zurückgekehrt bin und ihn bereits vor einer Stunde gesehen hatte. – Sofort waren wir uns einig, dass er da nicht besonders gut und sicher saß.

Doch was tun? Vielleicht den Ästling, wie der Name sagt, nach oben auf einen Ast setzen? Nun, ich hatte keine Ahnung und natürlich keine Handschuhe dabei. Zudem wollte ich auch keinen Schaden anrichten. Ästlinge werden noch von den Altvögeln gefüttert, bestimmt ist es nicht gut, wenn ein schwitzender Jogger ein Jungtier anfasst. Nein, da müssen Fachleute ran.

Ich sah mich um, hatte da nicht ein Kauz gerufen? – Nein, reine Einbildung. Die Frauen tippten auf ihren Smartphones, erreichten aber niemanden. – Ich sagte, dass die Falknerei doch ganz in der Nähe sei. – Nein, der Falkner wäre um diese Zeit nicht mehr dort und wohne weiter weg. Und so beschlossen die Frauen, persönlich Hilfe zu holen und zum ehemaligen Förster zu radeln, was mich freute. Wir verabschiedeten uns, ich war beruhigt und hielt noch eine Viertelstunde bei *Findling* Wache bis es mir zu kühl wurde. Beschwingt und hochgestimmt lief ich zum vortrefflichen Hotel zurück, wo die vorgeheizte Sauna bereits auf mich wartete.

Schon beim ersten Saunagang entspannte ich mich vollends und räkelte mich wohlig auch dem Frotteetuch. Beim höchst angenehmen Schwitzen entschied ich, am nächsten Tag zeitiger aufzustehen und einen ausgedehnten Morgenspaziergang durch den Park zu unternehmen. Erfreut traf mein Blick im Ruheraum auf eine große Kristallkaraffe mit Eiswasser, Limettenstücken und Pfefferminzblättern. Ich schenkte mir ein erstes Glas ein. Dann legte ich mich auf eine bequeme Liege und verdichtete mein Erlebnis zu zwei Kurznachrichten an meine Lieben und freute mich auf den kommenden Tag.

Epilog

War ich am Vorabend noch unentschieden, ob ich erneut zum Findling spaziere, nach *Findling* sehe und dabei vielleicht wenig Erfreuliches entdecke, so fiel die Entscheidung am Morgen automatisch. Unwillkürlich führte mich die Neugier zielstrebig genau dahin.

Der Park, die Morgenluft und die vogelstimmengewürzte Stille wirkten sehr wohltuend und beruhigend. So konnte ich meinen Spaziergang, die Sichtachsen und Kleinarchitekturen wirklich genießen und stand alsbald am Granitfindling, der nun verwaist war. Ich fand keine Federn, keinen Flaum und sonstige Spuren, was ich als gutes Zeichen wertete. Volle Gewissheit erlangte ich nicht, aber Hoffnung, Freude und ein gutes Gefühl klingen in mir bis heute nach.

Zudem fasste ich einen Entschluss: Am 25. August wird laut Veranstaltungskalender der Vulkan auf der »Insel Stein« ausbrechen. Die künstliche Eruption aus dem nachgebauten Vesuv zur Blauen Stunde zählt zu den größten Attraktionen des Gartenreichs. Da möchte ich dieses Jahr gern mit Erik, meinem Großen, dabei sein und mit ihm auch einen Nachtspaziergang durch den Park unternehmen. Vielleicht hören wir Eulen, sehen einen Biber, entdecken Unvergessliches…

Ich lese, dass das Ereignis von musikalisch-tänzerischen Einlagen begleitet und das gesamte pyrotechnische Spektakel mit akustischen sowie visuellen Elementen in starker Anlehnung an die Zeit des Fürsten inszeniert wird. Und da ist sie wieder – die Vorfreude!

2016-19
„Sofakino"

Jeder in unserer kleinen *Väterberatungsgruppe* hat seinen Traumjob oder sogar mehrere: Kapitän, Gitarrist, Weinbauer und Sommelier, Reisefotograf, Schriftsteller, Gourmet, Förderer von Kunst & Kultur. Allerlei Träume von Tätigkeiten, die wir als Selbstverwirklichung oder »monetär veredelte Freizeitgestaltung mit Glücksmomenten« ansehen beziehungsweise als Fernziel oder auch nur als verklärte Träumerei.

In der Realität haben einige von uns immerhin ihren Traumberuf in Ansätzen im Brotberuf, im Nebenerwerb oder wenigstens im Freizeitbereich erlangt: ‚Gondoliere', Gitarrist in einer Amateurband, Weinkenner, Buchautor... – Es lebe die Annäherung!

Was wir nicht haben ist eine gemeinsame Fantasie, eine kollektive Schwärmerei der *Väterberatungsgruppe*. Die fehlt uns in Gänze, wenn man von der allgemeinen Expeditions- und Abenteuerlust einmal absieht. Zudem verwirklichen wir diese Leidenschaft bereits in Ansätzen, wenn ich zum Beispiel an unsere Winterwanderungen in die »fantastischen Hochgebirgslagen des südöstlichen Osterzgebirges«[8] denke. Leider sind unsere einst regelmäßigen Boule-Treffs im Zeisigwald

---

[8] Siehe die Texte „Doppelspitze oder: Der kälteste Tag des Jahres" sowie „Everest oder: 8 Summits of the Ore Mountains" im Buch »Was du heute kannst entkorken, das verschiebe nicht auf morgen!«

Opfer des Alltags beziehungsweise konkurrierender Verpflichtungen und familiärer Entwicklungen geworden, wohnen wir doch nun nicht mehr alle in derselben Stadt und leben mittlerweile in den unterschiedlichsten Beziehungskonstellationen.

Eines Tages hörte ich in einer Deutschlandfunk-Reportage von der dringlichen Notwendigkeit der Digitalisierung des Filmerbes und stellte mir vor, wie wir bei der Bewahrung dieser Kulturgüter mitwirkten. Wir halfen das analoge Filmerbe einem breiten Publikum dauerhaft zugänglich und bekannt zu machen. Und zwar als Qualitätskontrolle für digitalisierte und restaurierte Filme, die wir ansahen, kommentierten oder bestehende Kommentare ergänzten. Vor meinem geistigen Auge saß ich mit meinen Freunden im nachtblauen Kinosaal des Filmmuseums Potsdam-Babelsberg im passenden Ambiente mit UfA-Gong, Clubsesseln und manchmal sogar mit Tom an der historischen Welte-Kinoorgel. Wir sahen Art-House-Klassiker, Stumm-, Monumental-, Experimentalfilme sowie Dokumentationen. Konzentriert gingen wir unserer Arbeit nach, machten Notizen, recherchierten, diskutierten. Eng arbeiteten wir mit der Filmbranche, Filmfördereinrichtungen, Archiven sowie Stiftungen zusammen und unterstützten kleine Festivals und semiprofessionelle Filmabende, auf denen Schmalbildfilme gezeigt wurden. Wir erfuhren von einem Wanderkino,[9] deren Betreiber mit einer Oldtimer-Feuerwehr Baujahr

---

[9] Das gibt es wunderbarer Weise wirklich, siehe: wanderkino.de!

1969 quer durch halb Europa tourten. Ein alter Deutz transportiert die gesamte Ton- und Lichttechnik nebst Bestuhlung und Instrumentarium. So konnte jeder Ort in kurzer Zeit in ein Open-Air-Kino mit nostalgisch inszenierten Rahmen verwandelt werden. Alle Filmaufführungen wurden live mit Violine und Piano begleitet und erinnerten an die Pionierzeiten des Kinos. Es gelang uns, Fördermittel zu organisieren und wir gingen einen Sommer mit auf Tour! Wir erweiterten die musikalische Begleitung und umrahmten die Vorstellungen mit Weinverkostungen sowie Lesungen. Wir dehnten unseren »Leinwandsommer« bis Ende September und drehten die gleichnamige Dokumentation darüber. Es war wunderbar, erfüllend, wir blühten auf, gingen in unserer Arbeit auf.

Soweit meine Fantasie. Doch diese kleine Schwärmerei trug auch Früchte, denn in der Folge entdeckte die *Väterberatungsgruppe* ein neues Veranstaltungsformat für sich: das »SofaKino« – kurz SoKi, das bald zu einer geschätzten Tradition wurde.

Das SoKi findet meist dienstags bei Bruno statt. An lauen Sommerabenden wird es zum TeKi – zum »Terrassenkino« bei mir umfunktioniert, wo ich eine mobile Leinwand und Lautsprecher aufstelle. Der Ablauf ist so: Bruno besorgt die Filme in der Stadtbibliothek, ich stelle den Beamer, alle bringen Getränke und Knabberzeug mit. Das reicht von Flips über Salzgebäck und würzige Grissini bis zu Chips; Süßes eher selten oder mit etwas Alkohol in der Mitte. Womit wir bei den Getränken sind: Von sommerlichen Weißwein-

und herbstlichen Glühwein-Episoden beim TeKi abgesehen, bestehen diese aus verschiedenen Bieren, gern mit Bügelverschluss. Zum Abschluss meist alkoholfreies Bier zur Verdünnung, doch Bruno kredenzt auch gern schon mal Hopfen- oder Ingwertee. Das Leergut verbleibt stets beim Gastgeber, was spätestens mit der tschechischen Filmkomödie „Leergut“ (2007) bei uns Sitte wurde. Mittlerweile frage ich mich, was Bruno mit dem Pfandgeld macht. Spart er auf ein Heimkino oder auf einen alten Deutz? Nun, den skurrilen wie gelungenen, übrigens erfolgreichsten tschechischen Film aller Zeiten[10] konnte er für meinen Geschmack mit „Kolya“ (1997) sogar noch übertreffen, warmherzig und leicht ironisch vom selben Regisseur inszeniert.[11]

Apropos Geschmack: Dazu gab es natürlich tschechisches Bier. – Genau wie bei „Schmidtke“ (2014). In diesem Film wird ein alternder Ingenieur ins tschechische Erzgebirge geschickt, um das ebenfalls in die Jahre gekommene, laut ächzende Windrad C 174 zu reparieren und sehr merkwürdige Dinge geschehen… – Wie lässt es Jaroslav Rudiš im Roman „Böhmisches Paradies“ einen Protagonisten so überaus treffend formulieren: „Drei Pilsener täglich für alle, dann würde auch Frieden auf der Welt herrschen.“

---

10 Die bittersüße Komödie (mit Humor doch ohne Gags) über einen alternden Lehrer mit Sehnsucht nach jüngeren Frauen, hat etwa jeder achte der zehn Millionen Einwohner Tschechiens gesehen.

11 Jan Sverak, der Sohn des weißbärtigen Hauptdarstellers Zdenek Sverak. Letzterer ähnelt Sean Connery und wird im Ausland oft mit ihm verglichen, in Tschechien nie. Dazu Sverak (selbstbewusst): „Ich sehe schließlich nicht aus wie er. Er sieht aus wie ich.“

Womit wir bei den Kriegs- oder besser Antikriegsfilmen sind. Zwei herausragende seien hier skizziert: „A Perfect Day“ (Spanien 2015). Hier ist bereits der Titel ironisch, denn die Tragikomödie zeigt *zwei* zudem gänzlich imperfekte Tage im Alltag eines kleinen Hilfsorganisationsteams im Kriegsgebiet auf dem Balkan. Eine Leiche muss aus dem einzigen Dorfbrunnen gezogen werden, aber das Seil reißt. Ein neues zu organisieren, stellt sich als höchst schwierig heraus: Seile sind Mangelware oder in „unabkömmlicher“ Verwendung: zum Aufhängen von Gegnern oder für einen Fahnenmast auf einer einsamen Anhöhe, um Gebietsansprüche geltend zu machen. Beklemmende Atmosphäre, allenthalben lauernde Gefahren, verminte Kuhkadaver blockieren die Serpentinen, bornierte Soldaten halten die Gruppe unter Hinweis auf Paragrafen von der Arbeit ab... Und so haben sich die Helfer den Schutzmantel des Zynismus übergeworfen doch uns bleibt der Galgenhumor oft im Halse stecken. Obwohl kein einziger Schuss fällt, werden Grauen und Absurdität des Krieges intensiv vermittelt.

Zweiter Film: „Unter dem Sand“ (Dänemark 2015): Kriegsgefangene Jungen zwischen 15 und 18, kurz zuvor von der Schulbank zur Wehrmacht oder zum Volkssturm eingezogen, müssen als „Freiwillige“ Landminen aus dänischen Stränden graben und entschärfen, was zu hochdramatischen Szenen führt. – Kaum zu ertragen! Einmal schloss ich ahnungsvoll die Augen..., öffnete sie hoffnungsvoll, da ich keine Detonation hörte, doch gerade diese Szene wurde lautlos wiedergegeben, was mich überraschend und umso härter traf. Ich war froh, den Film nicht allein anzusehen. Sehr krasser, tatsachenbasierter Stoff, mit einfachen Mitteln sehr genial umgesetzt. Letztlich wurde auch der Hass entschärft!

Schnitt! Und Wechsel zu unserem vorherrschenden Filmgeschmack: *schräge* Filme, wie „The Lobster" (2015): Singles bekommen 45 Tage Zeit, um eine Partnerschaft einzugehen, ansonsten werden sie in ein Tier ihrer Wahl verwandelt. Gleich am Anfang erschießt eine Frau einen Esel...! Oder „Jürgen – Heute wird gelebt" (2017): Eine vollkommen desillusionierende Reise mit der passenden Partnervermittlung nach Stettin, frei von Sympathieträgern, dafür mit dem perfekten Gespür für das falsche Wort zur falschen Zeit. Des Weiteren „Parked" (2011): Ein älterer Uhrmacher lebt an der Dubliner Küste mit prächtigem Meerblick, allerdings in einem in die Jahre gekommenen Mazda 626, voller Improvisationskunst abseits des sozialen Netzes in der passenden Ästhetik. Ebenfalls sehr kauzig „Nothing Personal" (2009): Der Titel beschreibt den Deal eines irischen Eigenbrötlers und einer jungen, niederländischen Aussteigerin „zusammen" in einem Haus, das einst Oscar Wilde gehörte, zu leben, den Kontakt aber auf das allernötigste zu begrenzen. Da wird natürlich kaum geredet; und wenn, dann Sätze wie: „Du bist zu gebildet, um zu wissen, was gut ist." Und – last, but not least: „Gott des Gemetzels" (2011). Ein rabenschwarzes Kammerspiel in dem zwei Ehepaare eine Handgreiflichkeit zwischen ihren Kindern „wie vernünftige Menschen" beizulegen versuchen. Trotz des Titels waren wir überrascht, wie schnell der aufgesetzt höfliche Austausch über Zivilisation und Verantwortung verhärtet, die Stimmung kippt und – alkoholbeschleunigt – in Abgründe der Rücksichtslosigkeit und Beleidigungen führt. Im Streit werden die unterschiedlichsten Allianzen geschlossen, der dünne Firnis der Kultur löst sich auf, Antipathien treten zutage und münden in Handgreiflichkeiten!

Zugabe: Auch das Kammerspiel „The Party" (2017) gerät aus den Fugen und zog mich so in den Bann, dass ich danach mit Bruno einige Szenen reflektierte, ihn auf die zynische Frau mit dem dunkelroten Lippenstift ansprach, worauf er meinte, dass wir einen Schwarz-Weiß-Film gesehen haben. – Britisches Kino in Bestform!

Unbedingt in die schräge Ecke gehören natürlich auch österreichische Produktionen, wie die Psycho-Groteske: „Immer nie am Meer" (2007) oder die Wolf-Haas-Verfilmungen „Komm süßer Tod" (2000) und „Silentium" (2004), wobei wir bei beiden Krimi-Grotesken teilweise deutsche Untertitel einblendeten, um alle Feinheiten verstehen zu können. Insbesondere das „La-la-la-laaaa, la-la-la-laaaa!" von Jürgen Tarrach, der als Opernsänger abartige „Stimmbandölungen" betrieb, entsprang einer so abgefahrenen und bitterbösen Szene, dass mich unvermittelt ein heftiger Lach-Flash packte, mir danach zwei Tage meine gesamte Wangenmuskulatur schmerzte und ich mich am Telefon zwanghaft mit „La-la-la-laaaa, la-la-la-laaaa!" meldete…

Bruno hat eine Datei angelegt, in der wir Angaben zu Filmtitel, Produktionsjahr und -land sowie Longlist und Shortlist pflegen. Ein Kreuz bei Longlist bedeutet: Film ist empfehlenswert, eins bei Shortlist: Film ist sehr empfehlenswert und wir sehen ihn gern noch einmal an. Anfangs vergab ich hier auch Schulnoten, kam aber schnell in die Bredouille, da wegen der höchst unterschiedlichen Filme meine Über-Kreuz-Vergleiche nicht durchzuhalten waren. Dennoch ist unsere Liste wertvoll, da wir alle Filme Revue passieren lassen oder fundierte Empfehlungen treffen können. Zum Beispiel hat sich Anja, Jariks Kindergartenleiterin, nach meiner begeisterten Skizze von „Die Jagd" (2012) den Titel mit Kuli auf ihrer Handfläche notiert. Am Folgetag sah sie mich mit großen Augen an und wir werteten den Film aus ... Zudem ist eine Kommentarspalte Bestandteil der SoKi-Liste, in die wir jeweils ein, zwei prägnante Sätze zum Film eintragen. So bei „Churchill" (UK 2017) den sinngemäßen Dialog mit seiner Frau: „Winston! Du bist betrunken." – „Das ist das Einzige, was mir Frieden bringt." Nach dem Film waren unsere Hirne so voller Frieden, dass wir uns vergeblich zu erinnern versuchten, was wir notieren wollten. Bruno sei Dank, dass er um Mitternacht nochmals durch den Film eilte und den Dialog festhielt.

Zu hohen 80 Prozent liegt die Filmbeschaffung in Brunos Händen, der hier oft *Händchen* und Intuition beweist, wenn er in der Stadtbibliothek halbspontan und gefühlsgeleitet zugreift. Zudem resultiert daraus ein wunderbares Überraschungsmoment, da Gefühle bekanntlich täuschen können. DVD-Hüllen auch! Zumindest die anpreisenden Superlative darauf. Zuweilen führen selbst wertige Indikatoren wie Palmenzweige für Festival-Prämierungen in die Irre. In jedem Fall sind Slogans wie „höllisch witzig“ oder „irre lustig“ als Warnung oder werbetechnischer Täuschungsversuch zu verstehen. Beispiel: „Liebe auf den ersten Schlag“ (2014), wo die „lustigste“ Szene das Fangen, Braten und Verspeisen eines Fuchses gewesen sein dürfte, was alles sagt. „Da brat‘ ich mir ‘nen Fuchs, wenn das lustig ist!“, war noch eine Zeit lang vernichtender interner Kommentar. Selten gab es völlige Fehlgriffe wie: „Die Beschissenheit der Dinge“ (2009), bei dem der Titel den Film zentral einschloss. Leider haben wir ihn in der Hoffnung auf Besserung bis zum Ende angeschaut. Den Film „Eine Taube sitzt auf einem Zweig und denkt über das Leben nach“ (2014) dagegen, konnten wir bereits in der dritten Alptraumszene erfolgreich abbrechen. Die Mischung aus Zynismus, Verzweiflung und Tragik war zu deprimierend für unsere Tages- bzw. Abendform.

Im Nachgang von Filmen, die unsere Erwartungen enttäuschten, erhält Bruno auch schon mal Wünsche nach etwas geschmacklich Passendem – einer „sicheren Bank“, beispielsweise einem „Woody“. Die erfüllt er gern, wobei „Hannah und ihre Schwestern“ (1986) ein recht komplexer Allen-Film war. Gemerkt haben wir uns hier einen einfach gestrickten Dialog. Hypochonder Mickey vermutet hinter seinen akuten Hörproblemen einen Hirntumor, sucht verzweifelt diverse Ärzte auf und berät sich mit einer Freundin, die dazu meint: „Vielleicht kommt es ja vom exzessiven Masturbieren?“ – „Mach jetzt nicht meine Hobbies schlecht!“

Meist sehen wir Kinofilme. Erwähnenswerte Ausnahmen waren der Fernsehfilm „Unterwerfung“ (2017) mit einem großartigen Edgar Selge und die Serie „Weißensee“ (alle Staffeln, alle Folgen), die wir mit steter Vorfreude, umrahmt von regen Diskussionen und zum Teil kurzen Rollenspielen im Nachgang genossen.

Die Feinauswahl der Filme wird jeweils bei Bruno getroffen. Sie ist tagesformabhängig oder auch anlassbezogen. So war „Ein starker Abgang“ (2008) der passende Film zum Tod von Bruno Ganz, der sich hier mit Monica Bleibtreu ein wunderbares Dauerduell liefert. Kluge, zuversichtliche aber auch strenge Ernährungsberaterin versus misanthropisch-zynischer, nun kranker Autor auf Lesereise, der Sätze wie: „Kunst kann niemals aus einem gesunden Organismus entstehen.“ von sich gibt. Oder „Hawking Brief History of Mine“ (2013): Den Dokumentarfilm sahen wir, nachdem wir von seinem Tod erfuhren. Wir bekamen einen Einblick in den spannenden und wahrlich nicht einfachen Lebensweg von Stephen Hawking, der seine Arztdiagnose um sagenhafte 52 Jahre überlebte („Ja, dann ist er falsch behandelt worden!“, Dr. med. Kunstfehler).

Leider ist die Filmlänge oft ein wichtiges Auswahlkriterium, da wir bei einem Filmstart gegen 21 Uhr mit Pause zum News-Austausch sowie einer Reflektion des Gesehenen am Ende oft erst gegen Mitternacht ins Bett kommen. Da weiß man am nächsten Morgen, woher die Bezeichnung »Morgengrauen« kommt!

Und damit zurück zu unserer Longlist: „Toni Erdmann“ (2016), vielleicht etwas zu lang, dafür mit spontaner Nacktparty!). „Night on Earth" (1991), ein Episodenfilm an fünf Orten der Welt in den jeweiligen Landessprachen gedreht, nicht synchronisiert, sondern untertitelt, um die jeweilige Stimmung wiederzugeben, was bestens funktionierte und wir uns an den unterschiedlichen Charakteren und Situationen erfreuen konnten. Wir teilten das Werk auf zwei SoKi-Sessions, so hatten wir Vorfreude und im zweiten Teil genug Zeit, uns über die einzelnen Episoden auszutauschen. Eine angenehme Überraschung war „Unterwegs mit Jacqueline" (2016): Ein charmantes Feel-Good-Märchen in dem ein algerischer Bauer mit seiner Kuh Jacqueline zur Landwirtschaftsausstellung nach Paris reist, unterwegs viel erlebt und Sätze wie: „Das kaufe ich nicht, das ist Abfall, das ist aus China!" von sich gibt. Darauf ein Dreifaches: „Muhuuhh, muhuuhh, muhuuhh!" – Nicht zu vergessen Filme von Quentin Tarantino, allen voran „Django Unchained" (2012) sowie „The Hateful Eight" (2015). „Inglourious Basterds" (2009) kam zwar nicht auf die Longlist, war aber eine interessante Variante mit explodierendem (Lichtspiel-)Theater, nachdem wir eine Woche zuvor den Lubitsch-Klassiker „Sein oder Nichtsein" von 1942 gesehen hatten.

Gefallen haben uns auch „Ewige Jugend" (2015) sowie „No Country for Old Men" (2007). Ja, wir haben wohl eine Vorliebe für Filme mit alternden Männern: „Nur Fliegen ist schöner" (2015)! Vom Flugzeug zum Kajak, eine wunderbar ersonnene, im idyllischen Burgund verfilmte Midlifecrisis in schrullig-schöner Gesellschaft von Tagträumern und Aussteigern in einem

„Obstgarten-Café“ voller zärtlicher Beobachtungen – sehr französisch, wie es Bruno zusammenfasste, wobei damit nicht nur die spezielle Szene gemeint war.

Womit wir bereits in unserer Shortlist sind. Ebenfalls hier platziert: „Grand Budapest Hotel“ (2014). Die deutsch-US-amerikanische Tragikomödie wurde auch an zahlreichen sächsischen Orten gedreht, die wir wiedererkannten: Görlitz, den Dresdner Zwinger, Pfunds Molkerei, die Basteibrücke, den historischen Personenaufzug in Bad Schandau… Für uns war der Film ein Fest, ein glanzvoller Kosmos aus beinahe überbordendem Einfallsreichtum, exzentrischen Charakteren, ein majestätisches Kunstwerk, das Ästhetik mit einer wunderbar absurden wie anrührenden Geschichte verband. Ebenso „Midnight in Paris“ (2011), ein liebevoll romantischer Woody Allen-Film voller Witz und Leichtigkeit: ein Schriftsteller reist auf magische Weise in die Vergangenheit der 20er Jahre, in der er gern gelebt hätte und trifft zahlreiche Künstler, die er bewundert. Zauberhaft in jeder Beziehung.

Anspruchsvoll und faszinierend: „Experimenter“ (2016): ein Biopic, das sich mit dem Leben des Sozialpsychologen Stanley Milgram befasst. Schwerpunkt ist sein Experiment mit welchem er testet, wie weit blinder Gehorsam geht: Probanden verpassen einem freundlichen älteren Herrn, der sich an einem Stuhl geschnallt in einem anderen Raum befindet, schmerzhafte elektrische Schläge per Knopfdruck. Die große Mehrheit steigert, den initialen Anweisungen folgend und zum Teil unter argen Gewissensbissen, die Stärke der Elektroschocks bis zum (tödlichen) Maximum! Doch nicht der nette Herr, dessen Schreie nur von einem Tonband kommen, sie selbst sind die Testpersonen.

Ebenfalls top platziert hat sich die Vorstadt-Satire „American Beauty“ (1999). Die Geschichte erzählt die Hauptfigur post mortem: „In weniger als einem Jahr bin ich tot. Natürlich weiß ich das jetzt noch nicht.“ – Lester ist in einer Midlife-Crisis. Er erfährt von seiner Familie weder Dankbarkeit noch Respekt für seine Arbeit oder als Mensch und hat das trostlose Gefühl bedeutungslos zu sein. Er lebt unzufrieden ein lebloses Leben, bis die hübsche Freundin seiner Tochter alles auf den Kopf stellt. Lester dreht auf und trainiert bis zum Anschlag, um sich in Form zu bringen und für das junge Ding attraktiv zu werden. Dazu geniale Dialoge als sie fragt: „Lester, trainierst du oft?“ – „Ka-haum.“ Oder als er beim Joggen von durchtrainierten Läufern gefragt wird: „Hi Lester! Willst du abnehmen oder wieder fit werden?“ – „Nein, ich will nackt gut aussehen!“

„Wild Tales“ (2014): Bester argentinischer Film aller Zeiten und höchst unterhaltsamer Episodenfilm mit sechs unabhängigen, drastischen Kurzgeschichten über Menschen, die sich nichts mehr gefallen lassen wollen. Nach dem temporeichen Film überlegten wir, welcher Teil uns am meisten ansprach und warum. Ich entschied mich für „Bombita“ (deutsch „Bömbchen“), in dem ein Ingenieur in einen Strudel aus unglücklichen Verkettungen und Parksünden gerät und quasi explodiert. Und natürlich die erste Episode, klar, das Überraschungsmoment hat uns fast umgehauen!

Und damit zu härterem Stoff: „The Revenant – Der Rückkehrer“ (2015): ein episches Survival-Drama auf Basis wahrer Begebenheiten um 1823 an urwüchsigen Schauplätzen im wirklich Wilden Westen! Ein atemberaubender Kampf mit einer Bärin, bei einem Schneesturm wird *in* einem Pferd Schutz gesucht, zahlreiche Abgründe menschlicher Gewalt werden gezeigt, aber auch ein unbändiger Rache- und Überlebenswille.

Nochmals härter und vor allem ungemein bitter: „The Homesman“ (2014). Das Filmdrama handelt im Mittleren Westen, passender wäre: im staubtrockenen, abweisenden, harten Westen. Drei Frauen haben ob der extremen Bedingungen den Verstand verloren und sollen in den zivilisierteren Osten gebracht werden. Eine gefährliche Reise mit schockierender Wendung, ... hier sahen wir uns wie vor den Kopf geschlagen an und riefen: „Nein!!“ – Ansonsten Ödnis, bedrückende Stimmung, brutale Schicksale. Kurz blitzen Erbarmen und Hoffnung auf, doch am Ende triumphiert der Whisky. Wir sind deprimiert, aber auch tief bewegt und geerdet, das war kein Film zum allein ansehen! – Daher: „Es lebe das SoKi!“ Mit Höhen und Tiefen, aber oft Filmen, die man allein nicht so genossen, ver- oder durchgestanden hätte, obwohl es sich lohnte.

Zum Schluss noch ein Survival-Drama auf realer Basis: „127 Hours“ (2010). Bei einem harmlosen Manöver rutscht ein junger und ziemlich cooler Bergsteiger auf einem losen Fels aus, stürzt in eine Spalte, wo der Brocken seinen rechten Arm einklemmt. Alle Befreiungsversuche scheitern. Kälte sowie Wasser-, Nahrungs-

und Schlafmangel treiben ihn in Halluzinationen, in denen er auch seinen künftigen Sohn sieht. Am fünften Tag sammelt er die letzten Kräfte und schafft es. Was? – Sich den eingeklemmten Arm zu brechen (Elle und Speiche) und anschließend sämtliches Gewebe mit einer stumpfen Klinge zu durchtrennen. – Wir bewunderten den Helden und überlegten, wie wir in so einer üblen Situation agiert hätten und wie die Geschichte wohl ausgegangen wäre, wenn er sein Schweizer Messer dabeigehabt hätte... Wir erfahren am Ende, dass der reale Held Vater wurde, noch klettert und nun stets eine Nachricht hinterlässt, wo er unterwegs ist.

Auch wenn wir 500 Filme in unserer Liste haben, will ich daraus keinen „Film-Kanon" ableiten, sondern einfach vom entspannten Format unserer SoKi-Abende künden, die eine Menge Freude in unseren Alltag bringen. Für uns ein wirklich wunderbares Ritual, bei dem wir Lockerheit tanken, manchmal Wechselbäder der Gefühle erleben, Spannung sowie Entspannung finden.

Ein nicht minder interessantes Format lernte ich durch eine Einladung kennen, die ich im Nachgang einer Lesung via Chat erhielt: „Hallo Herr Lipowski, wir sind 3-4 lustige Pärchen, die sich einmal im Monat treffen..." – „Aha." – „Ja, das ist total nett und da ich glaube, dass auch Sie offen für Begegnungen und neugierig auf das Leben sind, wollte ich Sie fragen, ob Sie vielleicht Lust..." – „Nun, eine gewisse Neugier ist mir schon eigen..." – „Prima, denn alle sind mal dran, also jeweils ein Mann und eine Frau müssen live..." – „Oha!" (Und in mir keimt die Frage, ob es sich hier vielleicht um eine Art Laiengruppe handelt, die gewisse Novellen...) – „Doch leider kann ich Sie dafür nicht bezahlen, aber für Speis und Trank wird gesorgt sein, so dass Sie einen Lukullus-Abend genießen könnten." – „Lucullus?", frage ich nach und mir kommen bacchantische Orgien in den Sinn. – „Ja, der Erfinder des »Kalten Hundes«, glaube ich, aber Sie können natürlich essen, was Sie wollen. Und ich möchte Sie erst ins Spiel holen und vorstellen, wenn... (Jetzt bin ich sicher: eine lebenslustige Truppe, die Novellen aus Boccaccios »Il Decamerone« nachstellt)... ich dran bin. Das wird gegen 21 Uhr sein. Bis dahin können Sie trinken und essen und die ganze Szenerie unauffällig von der Empore aus beobachten..." – „Mon Dieu!", tippe ich und befürchte Voyeur einer Kirchenschändung zu werden. – „... und unsere Kulturbeiträge begutachten." – „Kulturbeiträge?", tippe ich ein und denke: Ja, ja, Freizügigkeit und Sinnengenuss versteckt unter dem Mantel der Kultur. – „Ja, natürlich Kulturbeiträge! Wir, Frauen und Männer im steten Wechsel, lesen uns kurze, belletristische Texte vor, die uns gefallen, bewegen oder die wir witzig finden und ich habe da an Sie gedacht: Wenn ich dran bin, lesen Sie als Überraschungsgast ein, zwei Ihrer Texte in unserem Stammlokal »Zum Sudhaus« vor. Das wäre prima!" – „Ach so! Ähem, ja. Klingt gut! Ja, warum eigentlich nicht", antworte ich ziemlich verdattert. Ich freue mich aber auch, dass ich mir mein Abendbrot mit Vorlesen verdienen kann. Und natürlich schämte ich mich der unsittlichen Gedanken und meiner Zweifel an der Seriosität der Anfrage.

Epilog

Ich überlegte gerade, ob es nun zeitig genug dämmert, um zum TeKi einzuladen und wenn ja, mit welchem Film, als ein Piepton eine Nachricht signalisiert. Von Axel! Er möchte seinen runden Geburtstag nachfeiern. – Schön. – Auf einem Schiff. – Sehr schön! – Und er ist der Kapitän. – Ja, wunderbar!! – Er hat oft Schichten auf dem Schiff und kann daher nur selten zum SoKi kommen, denkt aber oft an uns. Als »Kapitän in spe« muss er für das Schiffsführerpatent Dienste an Bord nachweisen. Er verbleibt mit lieben Grüßen und einem fröhlichen »Schiff Ahoi!«

Ja, fabelhaft. Und klingt ganz nach dem Gruß in unserem Nachbarland, wie wäre es also wieder mal mit einem tschechischen Film nebst Bier zum TeKi? Und, verrückt, bald haben wir einen Kapitän unter uns. Wir freuen uns mit und für ihn. Axel ist nah dran und kann sich, wenn er Kurs hält, tatsächlich einen Traum erfüllen, der hoffentlich der Realität standhält! Gut, auf einem Binnenschiff darf man sich „nur" Schiffsführer nennen, aber er könnte bald den dienstältesten Ausflugsdampfer im Leipziger Neuseenland steuern. Und wir schippern mit. Vielleicht wäre ein maritimer Film eine gute Wahl? – „Das Boot" (haben wir schon oft gesehen), „Der Seewolf" (ebenso), „Der alte Mann und das Meer" (der Titel ist im Kontext des runden Geburtstags zu böse), „Jagd auf Roter Oktober" (nein, es ist erst Mai). Dann lieber „Fellinis Schiff der Träume" oder vielleicht besonders passend: „Das Narrenschiff"!

2019

„Wintersofa“

Minderkreativitätstag. Ich habe heute nichts weiter vor und liege ganz gut in der Zeit. Und ich liege auf dem Sofa. Der Staubsaugerroboter kreiselt in der Küche, was mir das gute Gefühl gibt, fleißig zu sein. Und natürlich habe ich etwas vor: Ich will etwas über die jüngste Winterwanderung der *Väterberatungsgruppe* schreiben. Zudem soll bald mein neues Buch erscheinen, Mutter wird dieses Jahr 85, Vater kurz darauf 92, da möchte ich fertig sein. Speziell am Kindermund-Kapitel werden sie Freude haben. – Also los!

Am Vortag unserer Winterwanderung war Axel in den Hochharz aufgebrochen: zum Höhentraining, wie er es nannte. Er wollte auf den Brocken, ist dann aber umgekehrt (wo genau, hat er nicht preisgegeben). Warme Stube und Bett lockten ihn zurück nach LE und die Vorfreude auf unsere gemeinsame Tour gab es ja auch noch.

Das kann ich verstehen. Eines der schönsten Dinge im Leben ist, Zeit mit guten Büchern gemütlich in einem Zimmer zu verbringen. Als Kind zelebrierte ich das ausgiebig mit meinen geliebten Mosaikheften, mit Jules-Verne- und anderen Abenteuerromanen im Kinderzimmer. Das Zimmer war klein und unbeheizt. Oft lag ich auf dem Sofa, hatte den elektrischen Heizlüfter polnischer Herstellung auf halbe Kraft gestellt und auf meine Füße gerichtet. Er summte beruhigend, leichtes Frösteln steigerte die Behaglichkeit, kaltes Winter- oder Regenwetter waren ideal dazu. Und ein Teller mit Brot, Gurkenscheiben oder Apfelstücken, ganz einfach, ganz wunderbar. Oder mit Schicht-Nougat, damals im Delikat-Laden für sagenhafte 2,20 Mark erhältlich. Mit meinem Taschenmesser schnitt ich den 40 g-Nougat-Barren in hauchdünne Scheiben und genoss es, wenn mir diese langsam auf der Zunge zergingen.

Glanzpunkt meiner Erinnerungen ist ein Hiddensee-Urlaub mit den Eltern, in dem ich erstmals ein eigenes Zimmer hatte. Ein winziger Anbau am Reetdachhaus mit Schrank, Bett, Stuhl und Tisch, darauf eine Schüssel nebst Wasserkrug zum Waschen, Plumpsklo draußen über den Hof. Es war herrlich. Auch als eines Abends der Regen aufs Dach trommelte, hatte ich doch ein fesselndes Buch aus der Dorfbibliothek („Die Zeitmaschine“ von H. G. Wells) und etwas zum Naschen. Ich erinnere mich genau, wie spannend es war und wie ich mich vor den „Morlocks“ gruselte.

Furchterregend war unsere Winterwanderung nicht, hätte aber schiefgehen können! Und dies in zweifacher Hinsicht. Bei einer anderen Gruppe kam es in der Tat zum Fiasko, wenige Tage später. Aber der Reihe nach.

Zunächst gab es Abstimmungsprobleme. Immerhin war klar, wann und wo wir uns treffen. Ziel und Route waren klar, wer was mitbringt war weitgehend unklar und wer fährt völlig offen. Denn ursprünglich wollten wir mit der Bahn in die Sächsische Schweiz. Doch dort herrschte seit Tagen tristes Regenwetter, also erneut ins Fichtelberggebiet, da schneit es wenigstens – oder meistens. Wir hatten von hoher Schneelast und Windbruch im Erzgebirge gelesen, aber eine kleine Instant-Dosis Abenteuer kam uns genau recht.

Gut gelaunt laufe ich am Morgen des 28. Dezember zum Bahnhof. Wenn das jeder von uns macht, wird es schwierig mit dem Fahrer, denke ich, als ich mich nach frischen Brötchen anstelle. Und wenn jeder von uns welche mitbringt, können wir am Fichtelberg einen Stand eröffnen. – Hier am Stand geht es echt langsam voran und mir wird kalt. Neben dem Bäckerwagen hält eine ziemlich entgleiste „Väterberatungsgruppe" beim Bier lautstark die Stellung, mich überlief ein Frösteln.

Als Letzter erreiche ich den Bahnhofsplatz. Axel ist motorisiert vor Ort. Alle sind erleichtert. Alle, bis auf Tobias, der aus konditionellen Gründen bereits abgesagt hatte und heute arbeitet. So könnte es diesmal eine große Tour werden, doch außer Axel hatte keiner trainiert, also wird es wohl eher eine kleinere Runde. Aber eigentlich hat Axel ja auch nicht trainiert und so sollte es unsere bis dato kürzeste Tour werden. Und dennoch eine der beschwerlichsten…

Wenn es im Winter in Chemnitz oder Dresden regnet, können unsere Wanderungen auf dem Kammweg in einem Kilometer Höhe im Schnee stattfinden, wobei es bis auf 1.244 m gehen kann. Heute wird die Landschaft ab etwa 850 m weiß. Der Parkplatz am Haltepunkt Vierenstraße ist ein prima Ausgangspunkt für Wanderungen ins Fichtelberggebiet, doch Axel will kein Risiko eingehen und fährt bis zum Parkplatz am

Fichtelberg. Viele Höhenmeter warten nun nicht mehr auf uns, doch die Schneehöhen sind beachtlich. Nach kurzem Blick auf die Karte wollen wir verschiedene Blockhütten im Winterwald ansteuern, haben aber Probleme, aus dem dichten Loipennetz herauszufinden. Ungespurte Wege scheint es hier gar nicht zu geben. Wir schlagen uns Richtung ‚Alte Bächelstraße' durch und werden beim Tangieren einer Loipe von einem Brettartisten lauthals und mit Akzent als „Idioten!" betitelt. Wir schimpfen kurz zurück, suchen Ruhe und stapfen querwaldein weiter.

Vielerorts sehen wir Windbruch und Windwurf als Ergebnis der schweren Sturmtiefs Herwart und Xavier (Oktober 2017) sowie Burglind und Friederike (Januar 2018). Letztere sorgte auf dem Fichtelberg für Spitzenböen von 176 km/h und die Folgen waren ob des aufgeweichten Bodens besonders heftig. Ich erwähne, dass es neben umgeworfenen und geknickten Bäumen noch das Phänomen des „betrunkenen Waldes" gibt, wenn beispielsweise in Russland Permafrostböden zu tief auftauen, die Bäume den Halt verlieren und sich kreuz und quer nach verschiedenen Seiten neigen.

Der Tiefschnee-Marsch strengt an. Die Luft wird knapper. Wir werden stiller bis die Gespräche gänzlich ersterben. Jeder sucht den besten Weg. Vergeblich. Ganz nah an den Bäumen ist der Schnee weniger tief, weiter links könnten wir abkürzen, doch da ist eine Art Graben und Gestrüpp. Kartenoffizier Bruno zeigt regelmäßig die grobe Richtung zum nächsten Waldweg und gibt Entfernungsangaben des GPS-Trackers durch.

Insgesamt sind es keine 1.000 m, aber wir bewegen uns im Schneckentempo. Doch immerhin nicht mit der Geschwindigkeit von Schnecken *im* Schnee.

Jeder Schritt ist eine Überraschung, wie weit man einsinkt: mal bis zum Knie, mal bis zum Oberschenkel, mal hält die Eiskruste. Aber meist bricht man ein, kurz bevor das Gesamtgewicht auf dem Fuß liegt. Tückisches Gelände, das uns fordert. Ein weiteres Indiz für unsere Anstrengungen: Von dieser Passage gibt es nur zu Beginn Fotomaterial. Ja klar, wir hätten eine Reihe bilden und jeweils in die Fußstapfen des Vorgängers treten sollen ... Theoretisch wussten wir Bescheid, doch praktisch war es noch nicht dramatisch genug und wir hatten genügend Kraft zum Vergeuden.

Endlich erreichen wir den Weg und genießen die Tour durch den Winterwald. Wir sind jetzt wieder eine richtige Gruppe, Gespräche kommen in Gang, wir albern herum: „Wovon träumen eingeschlafene Füße?" – „Von diesen Wanderschuhen!" Dann entdecken wir das herbeigesehnte Holzhäuschen – die Klöppelsteighütte mit der Höhenangabe 1.035 m und machen es uns darin gemütlich. Wir wechseln verschwitzte Sachen und kochen zweiflammig mit Gas und Esbit. Dazu die für mich einzige Zigarette des Jahres, diesmal als Zigarillo verkleidet. Es gibt eine von Dirk selbst zubereitete, leckere Kartoffelsuppe sowie eine Fertig-Erbsensuppe aus dem „Tütendarm" oder Schlauchbeutel, wie es offiziell heißt, die deutlich besser schmeckte als sie aussah. – Nun, mit Freunden im Winterwald schmeckt ja fast alles, was warm, heiß oder alkoholhaltig ist.

Da ruft Tobias an und meint, dass er etwas traurig ist, weil er nicht mitkommen konnte, in Gedanken jedoch bei uns ist. Zu unserer Unterhaltung erzählt er einen Witz, den er mit „Doppelschlag" betitelt. Axel stellt auf laut: „Überpünktlich kommt ein Mann von Arbeit nach Hause, wo er seine Ehefrau mit einem Dildo in der Hand antrifft. Bedrückt und sorgengeplagt, nimmt er dies jedoch nicht wahr. – Erschrocken und eine Spur verwundert meint die Frau: »Ja, so früh bist du ja noch nie gekommen!«, worauf der Mann niedergeschlagen murmelt: »Ja, ich bin gekündigt worden.« – »Was??«, antwortet die Frau, »Du kommst doch deinen Pflichten, zumindest auf Arbeit, stets vollumfänglich nach?!« – »Ja, aber denk nur: Man hat mich durch eine Maschine ersetzt!«" (…)

Wobei der geschmackliche Höhepunkt unserer Tour ein echtes Highlight und Handarbeit ist: Weißer Glühwein à la Jean-Dirk. Ich habe das Rezept bekommen und darf es kundtun: „Man kann verschiedene Weißweine nehmen, nur Riesling ist nicht empfehlenswert, da oft zu säurelastig. Grauburgunder geht, Weißburgunder, Müller-Thurgau, Bacchus etc. Trocken sollte er sein und keinesfalls im Barrique ausgebaut, das Holz stört im Glühwein. Ich nehme Apfelsaft nach Gusto, auf zwei Flaschen Wein 2 bis 3 ausgepresste Orangen und 8 cl Cointreau. Dann befreie ich eine Orange großzügig von der Schale (das Weiße muss weg, da bitter). Dazu etwa 50 g Rohrzucker (je nach Geschmack und Bedürfnis nach Süße), 2 Sternanis, 2 Gewürznelken, 3 bis 4 Körner weißen Pfeffer, ein Stück Zimtrinde, ein

Lorbeerblatt, ein Stück getrocknete Vanilleschote und noch ein Stück Ingwer. Erwärmen, nicht kochen, schön ziehen lassen und dann abseihen. – Guten Appetit!“

Entspannt genießen wir den heißen Würzwein und akzeptieren, dass es unsere kürzeste Wandertour wird, Kilometerangaben werden nicht veröffentlicht. Und wir sind uns einig, die nächste Winterwanderung soll ins Elbsandsteingebirge gehen, sobald es dort schneit, wenn dies das Klima noch zulässt.

Eine Woche später liege ich bequem auf dem Sofa. Ich lese in der Zeitung, dass in „unserem“ letzten Aktionsgebiet eine Wandergruppe einen Notruf abgesetzt hat, der kurz nach 20 Uhr die Bergwacht Oberwiesenthal erreichte. (Ob sie „unsere“ Blockhütte gefunden hatten?) Die sechsköpfige Gruppe war erschöpft, unterkühlt und sie befanden sich mehr als zwei Kilometer tief im Wald, der wegen Schneebruchgefahr eigentlich gesperrt war! Daher waren keine Loipen gespurt und die Einsatzkräfte arbeiteten sich mit zwei Quads mit Raupenantrieb durch 60 Zentimeter hohen Schnee und mussten sich über Seilwinden mehrmals selbst befreien. Per Quad sollte jeweils ein Wanderer zur befestigten Straße gebracht werden, wo weitere Einsatzfahrzeuge warteten. Plötzlich versperrte ein frisch umgestürzter Baum den Rückweg und es musste ein weiteres Rettungsteam aktiviert werden, das mit Kettensägen den Weg freischnitt. Letztlich konnten alle Wanderer unverletzt abtransportiert werden, doch es war für alle Beteiligten lebensgefährlich.

– Kapitel III: Schnipselrubrik –

„Verschiebe nicht auf morgen,
was auch bis übermorgen Zeit hat.“

Mark Twain (1835-1910)

* * *

„Sommer ist die Zeit, in der es zu heiß ist,
das zu tun, wozu es im Winter zu kalt war.“

Mark Twain (1835-1910)

* * *

„Freude lässt sich nur voll auskosten,
wenn sich ein anderer mitfreut.“

Mark Twain (1835-1910)

* * *

„Im Zweifelsfalle sprich die Wahrheit.“

Mark Twain (1835-1910)

* * *

„Wenn wir bedenken, dass wir alle verrückt sind,
ist das Leben erklärt.“

Mark Twain (1835-1910)

Wenn Gott ein Sachse gewesen wäre

„Ta-tü, ta-ta!“

Mein Vater berichtete mir von folgendem Dialog mit einer Berliner Grafiker-Kollegin, der eine gewisse, zwischen Sachsen und Preußen bestehende Sprachbarriere zeigt.

Berlinerin (schnell): „Is da Dieta da?“

Vater: „Was?“

Berlinerin (noch schneller und lauter): „Is da-Dieta-da!?“

Vater: „Hä?“

Berlinerin (schrill): „Is da-Dieta-daa!!?“

Vater: „Ta-tü, ta-ta? Also ich hör‘ nüscht, da is keen Feueralarm.“

Berlinerin: „Wat? Feua-Alarm? – Ick will nur wissen, ob heute da Dieta da is!“

„Ach, dor Dieter! Nu, das kannsch dir glei sachen: Der‘s bis morschen ma doheeme“, antwortet Vater übertrieben sächselnd.

Alterserscheinungen

Bekanntlich gibt es drei Phasen des Alterns. Phase I: Man wird älter und merkt, dass man älter wird. Phase II: Man wird älter und merkt, dass man älter wird und die anderen merken es auch. Und dann schließlich Phase III: Man wird älter und … nur noch die anderen merken, dass man älter wird.

Alterserscheinung (Rudolf Lipowski)

Ich, bereits leicht jenseits der Achtzig (Einundneunzig! – Anm. d. Red.), muss noch ab und zu zum Frisör. Das Haar wächst, also noch mehrere Haare, allerdings besonders auf der hinteren Kopfseite. Der Meister hält nach getaner Arbeit den Spiegel so, dass ich sein Werk bewundern kann. – „Danke, sehr schön. Ich sehe von hinten doch noch ganz gut aus, kein Wunder, dass mir die Frauen noch hinterherlaufen…", scherze ich.

„Und die, die Ihnen entgegenkommen?"

„Ja, die sind weniger entgegenkommend."

„Das heißt?"

„Verschieden. Die meisten senken den Blick, einige wechseln die Straßenseite und eine machte sogar kehrt." (Anm. d. Red.: Übertreibung oder Understatement? – „Gegen Bescheidenheit lässt sich nicht viel einwenden: Echte Bescheidenheit ist letztlich nichts als Einsicht und falsche Bescheidenheit ist die annehmbarste Form der Eitelkeit." Lothar Schmidt)

Diamantene Hochzeit

Meine Eltern waren damals (1959) schon „älter", als sie nur drei Monate nach dem Kennenlernen heirateten, mein Vater bereits jenseits der 30 und „sie wussten, was sie taten", wie er sich ausdrückte. Am 2. Juli 2019 feiern sie zu zweit ihren Hochzeitstag im Panoramarestaurant Bastei. Vater zur Bedienung: „Wissen Sie, welchen Hochzeitstag wir heute feiern?“ – „Nein.“ – „Den 60.!“ – „Wie? Sie beide sind deutlich über 60?“

Fascien

Oma Evelin fragt mich, ob ich eine Fascien-Rolle habe.

Antwort: „Ich habe gelesen, dass, wenn man weiß, was Fascien sind, man mindestens fünfzig ist… – Frag' mich also bitte später nochmal. Frühestens in ein, zwei, drei, vier, fünf, sechs… Jahren.“

Ostheim

Unser Osterurlaub in der Rhön war schön, auch wenn es »viel Wetter« gab, sich also Graupelschauer, Windböen und Sonne in kurzer Folge abwechselten und rund um die Wasserkuppe gehörig Schnee fiel. Ab etwa 800 Meter Höhe war die Landschaft strahlend weiß, darunter in frühlingsfrischen Grüntönen mit etwas Blütenweiß, was wir bei einem halbstündigen Rundflug trefflich bestaunen konnten. Sonst waren wir viel zu Fuß unterwegs: in einer Märchenhöhle, in Freiluftmuseen, auf Knüppelpfaden im Hochmoor und auf Feldwegen entlang von Himmelschlüsselwiesen. Dabei waren wir zu zehnt, also zwei Familien mit fünf Kindern und einer Oma. Obwohl wir die gemeinsamen Tage als entspannt empfanden (abgesehen davon, dass einer der Zwillinge in der weiträumigen Märchenhöhle verloren ging und wir ihn gefühlte 60 Minuten mit zunehmender Verzweiflung suchten), war Oma nach dem Kurzurlaub beziehungsweise von ihren fünf Enkeln völlig geschafft und freute sich auf die Ruhe daheim.

Ich: „Wir wollen auf der Rückfahrt noch Station in Ostheim machen, soll sehr schön sein. Möchtest du vielleicht mitkommen?“

Oma: „Nee! Da war ich schon.“

Ich: „Ach so!? – Aber, dann kannst du uns ja bestimmt Tipps geben, was wir uns dort unbedingt ansehen sollten?“

Oma: „Na, das weeß ich doch ni mehr!“

Ansteckend?

Bei uns im Büro geht eine ansteckende Krankheit um, die eigentlich gar nicht ansteckend ist, aber Männer meines Alters befällt. – Nun schon den dritten in acht Wochen!

Als Teilzeit-Hypochonder beziehungsweise Mann mache ich mir natürlich Sorgen und suche im Internet nach möglichen Auslösern. Danach nehme ich Rücksprache mit den Leidenden. Ich möchte wissen, wie es passiert sei und merke einleitend an, dass laut Internetrecherche schwere Gartenarbeit und Sex die Hauptauslöser sind, was alle sofort kategorisch ausschlossen. (Was passiert war? – Leistenbruch.)

Abitreffen

Minderkreativitätsmontag! – Ich habe eine E-Mail von einem Volker bekommen, bei der ich bereits beim Betreff stutzte: „Einladung zum Klassentreffen: 30 Jahre Abitur!"

War die Nachricht wirklich für mich? – Hm,... ich kenne den Absender, glaube ich. Mit einem Volker war ich jedenfalls auf der Penne in einer Klasse. – Hat der sich da verrechnet? Nee, ich glaube nicht. Der Volker konnte immer ganz gut rechnen, mit ihm war ich in der 11. zur Kreis-Mathematik-Olympiade, doch dies ist eine ganz andere Geschichte.

Aber ist das jetzt wirklich schon d-r-e-i-ß-i-g Jahre her?? Das kann doch eigentlich nicht wahr sein: 30 Jahre! – Ja, da gibt es letztlich nur eine akzeptable Erklärung: Ich habe mit zehn Abitur gemacht!

Erlebte und echte Beratungsqualität

„Ich hätte gern Tischfeuerwerk."

„Für Sie oder zum Verschenken?"

„Für eine Party bei Freunden..."

„Gute Freunde?"

„Ähem, ja. Aber was macht denn das eigentlich für einen Unterschied?"

„Ganz ehrlich?"

„Ja."

„Na ja, also dieses Tischfeuerwerk hier… würde ich bei mir zu Hause niemals zünden!!“

Das wird teuer: Tischfeuerwerk

Hunde

Wir halten an einer Autobahnraststätte. Nach stundenlangem Sitzen müssen sich die Kinder jetzt unbedingt etwas bewegen und herumflitzen! – Der Kleine hüpft mit Mama zum WC. Erik, unser Zweitklässler, rennt freudig Runden im Areal, ich trage Proviant zu einer Bank und viertle einen Apfel. Da kommen zwei Frauen mit großen Hunden, vermutlich Rottweiler und Dobermann, die ohne Leine über Weg und Wiese springen.

Erik kommt auf mich zu. Er sieht die Hunde und wird langsamer. Ein Frauchen ruft: „Die tun nichts!“ – „Standardspruch!“, denke ich – und Erik weicht im großen Bogen aus. Da legt das andere Frauchen nach: „Keine Angst, die sind satt... Die haben heute schon zwei kleine Kinder verspeist!“ – Die Frauen lachen über ihren kinderpsychologisch so wertvollen Scherz, was mir schließlich zu viel ist. Ich hebe signalisierend mein Apfelmesser und rufe: „Ja, sehr originell! – Aber so langsam bekomme ich Hunger... auf Kalten Hund und mein Sohn auf ‘nen Hotdog!“

„Fake News!“ oder: Geschlechtsumwandlung

„Am Montag ist in Lindenau eine 33-jährige Frau gebissen worden. Die Frau war mit ihrem Vierbeiner, den sie an der Leine führte, am Kanal unterwegs. Ein 45-jähriger Mann kam ihr mit mehreren frei laufenden

Hunden entgegen, teilte die Polizei mit. Aus heiterem Himmel attackierte sie ein Miniature Bull Terrier und biss ihr mehrfach ins Bein. Die Frau trug Verletzungen an Knie und Unterschenkel davon. Eine Zeugin benachrichtigte sofort die Polizei. Der Mann muss sich wegen fahrlässiger Körperverletzung verantworten.“ – Axel kommentierte die Presse-Notiz mit: „…und zack bin ich eine »Zeugin«. Viele Grüße und wuff!“

Ich schrieb zurück: „Na, mein Guter. Da hast du dein Haar wohl wieder offen getragen?“

Axel am nächsten Tag: „Jetzt wird es aber gemein!“ Folgenden Pressetext hat er angefügt: „…ein schwarzweißer Hund der Rasse »Miniature Bull Terrier« ist auf eine 33-jährige Frau zugelaufen und hat sie mehrfach ins Bein gebissen. Dadurch wurde sie am Unterschenkel sowie am Knie verletzt. Eine Spaziergängerin (62) verständigte Polizei und Rettungswagen.“ Axel‘ Nachricht endete diesmal mit: „Viele liebe Grüße, die »alte Zeugin«.“

Darauf schrieb ich grinsend zurück: „Die Wahrheit und nichts als die – im »bildungsnahen« Revolverblatt schwarz auf weiß: »Wölfe in Leipzig! …eine blinde, ältere Zeugin (86), die aus unbekannten Gründen in einem offenen Sarg auf dem Kanal trieb, rief um Hilfe: ‚HILFE! Wölfe! Ein Rudel wilder Wölfe! Rettet nicht mich, rettet die junge Frau!‘«“

Darauf Axel am Folgetag: „Ja guten Morgen, mein Lieber. Ist doch schön, wie so eine Geschichte die Fantasie anregt. Ist in den Leberferien auch wichtig! Liebe Grüße aus den Leberferien, Axel!“

Zu böse!

Ich telefoniere mit Tobias. Wichtige und ernste Themen. So ernst, dass ich mich bereits etwas auf's Ende freue, da er dann meist etwas Lustiges erzählt. Doch diesmal gibt er einen angeblichen Dialog zweier Viertklässler zum Besten, den ich als tiefschwarzen Witz einstufen möchte:

Bube 1: „Guck mal. Da liegt doch *Crystal Meth* auf der Terrasse!?"

Bube 2: „Was ist denn eine *Terrasse*?"

MPU

Tobias berichtet, dass sich kürzlich ein Kollege über eine Musterfrage aus der Medizinisch-Psychologischen Untersuchung zur Beurteilung der Fahreignung des Antragstellers aufgeregt hat. Die Frage lautete: „Was ist der Unterschied zwischen Eiche und Linde?“ – Er meinte dazu: „Die Frage ist doch viel zu leicht! Die Eiche schließt um Zehn und die Linde hat mindestens bis Mitternacht auf.“

Knie

I: „Hi Christoph, was macht dein Knie?“
C: „Ach, hör auf.“
I: „Du hast also noch Knie?“
C: „Und wie!“
I: „Und du joggst weiter?“
C: „Nee, eher kürzer! Bin dann mit Schmerzen zum Arzt, danach MRT und nun Orthopädie.“
I: „Und, was hat der Orthopäde gesagt?“
C: „Noch nichts, aber ich habe einen Termin. – Schon in *drei* Wochen! Du weißt ja wie das ist mit den Fachärzten… Damit es ganz dringlich rüberkommt, hatte ich mich auch richtig reingekniet, also mit der Anmeldung geflirtet und gesagt: ‚Wenn ich jogge, wird mein Knie dick, wenn ich nicht jogge, werde ich dick. Wir müssen also unbedingt und schnellstens was tun!‘“

Kapitänsfunk zum Bademantelwunder

Eine schöne Nachricht von Axel im Nachgang seines Geburtstags:

„Ihr Lieben! Vielen Dank für die Glückwünsche & fürs an mich denken. Ich war gestern tatsächlich in der Sauna mit Eislochtauchen (also richtig den Kopf unter Wasser) und wie ich wieder rauskam und mich im Bademantel auf die Waage stellte, dachte ich mir noch: Mein Bademantel ist aber ganz schön schwer geworden! Also zog ich ihn aus und wiederholte das Ganze noch einmal. Und siehe da, ich habe herausgefunden, dass der Bademantel plötzlich ganz schön leicht geworden ist. – Ein Wunder!? Viele liebe Grüße von Axel"

Condomat

Tobias steht neben mir am Pissoir. Links von uns hängt ein bereits deutlich in die Jahre gekommener blauer Kondomautomat, der drei Sorten im Angebot hat. Am Geldschlitz steht: „3 x 1 einwerfen", daneben ein Aufkleber „Packung 3 Euro" sowie ein Piktogramm mit „1 + 1 + 1" und schließlich der Hinweis auf einem zerkratzten Alu-Schildchen: „Wenn Münzen gefallen, Knopf fest drücken!"

Tobias meint großspurig: „Ach, da sind ja nur drei Stück in einer Packung!"

Ich: „Da musst du eben wiederkommen."

Tobias: „Na, davon kannste ausgehen!“

Ich: „Ja, stimmt mein Lieber! – Du wirst wohl in jedem Fall noch mal wiederkommen müssen.“

Tobias: „Wieso das denn?“

Ich: „Na, auf dem Schild hier unten steht doch noch: ‚Bei Versagen Taste drücken!‘“

Fräulein Nam aus Vietnam

Sind Tobias‘ Erwartungshaltungen wirklich so einfach gestrickt oder ist die Akustik in der Probsteikirche so schlecht?

Am Ende der katholischen Sonntagsmesse verliest der Kaplan die nächsten Vorhaben. Plötzlich merkt eine der Anwesenden, eine Frau mit ausgeprägtem vietnamesischen Akzent, an: „Wir müssen noch an nächsten Sonntag denken wegen Frollein Nam.“ – Sie war ganz aufgeregt, was sich noch steigerte, als sie alle fragend anblickten.

Tobias sprang ihr zur Seite: „Frollein Nam? – Eine Freundin von Dir? Also ich hab‘ Sonntag noch nichts vor und kümmere mich sehr gern…“

„Nein, Fron-Leih-namm!“

Wieder fragende Blicke.

Doch nach kurzem Wortwechsel konnte alles aufgeklärt werden. Auch, dass das Fronleichnamsfest am Donnerstag nach dem ersten Sonntag nach Pfingsten begangen wird.

KRUMBIEGEL
Das ist doch mal was anderes als immer nur 'ne Krawatte ...

Geschenke-Flut

„Ich hab‘ von meiner Frau wieder nun ‘nen Schlips zu Weihnachten bekommen“, beklagt sich Tobias. – „Tja, ich habe von meiner Frau mehr bekommen, als ich tragen kann“, prahlt Dirk. – „Echt, sooo viel?!“ – „Ja. Zwei Krawatten.“

Dickes Lob & dickes Ende

Thorsten: „Also ganz herzlichen Dank für deine Neujahreskarte mit dem passenden Motto!“
Ich: „Gern geschehen. Hast du auf den Link geklickt?“
T.: „Ja, Bettgestell überm Rosenstrauch in zwei Perspektiven. »Wie auf Rosen gebettet« – ganz schön zweideutig. Meine *romantic site* sagt: »Ach, wie romantisch, tolle Idee!« Meine *dark site*: »Ganz schön fies auf Dornen zu liegen.« Aber du hast wirklich eine feine Antenne für gute Motive.“
Ich (doziere): „Merci! Mit meiner Website beabsichtige ich ja die Sensibilisierung für kleine Besonderheiten und Pointen im Alltag. Und es sind Stacheln.“
T.: „Ja, überhaupt »fotoblick.de«, echt suuper Fotos!“
Ich (da mir die Lobeshymne etwas unheimlich wird): „Na ja, Fotos gibt’s mittlerweile zu viele und auch viel bessere im Netz, daher meine Themenverlagerung und Verbindung mit eigenen Texten.“
T.: „Nur der tote Link zu den Aktfotos…“
Ich: „Was? Na ja, das ist eine Urheberrechtsfrage.“

T.: „Der Link funktioniert nicht.“
Ich (lenke ab): „Hast du eigentlich Aktfotos von deiner Freundin?“
T.: „Wieso? – Nein.“
Ich: „Brauchst du welche?“

Ungewollte Schmerzbekämpfung

Nachts gegen halb 2 Uhr wache ich auf. Mir ist übel, mein Bauch schmerzt. Schlimm, aber nicht extrem schlimm. Beschließe mir eine Wärmflasche zu machen und warte schmerzgebeugt bis das Wasser im Wasserkocher brodelt. Fülle einen knappen Liter in die Wärmflasche, die ich so verschließe, dass keine Luft darin ist. Fertig! Ich drücke mir die Flasche leicht an den Oberbauch. „Ahh“, tut das gut. Wohltuende Wärme dringt durch den dünnen Schlafanzugstoff.

„Arrgh!“ – Plötzlich ein heftig stechender Schmerz, den ich nicht gleich orten kann. Instinktiv lasse ich die Flasche fallen und halte mir das nasse Schlafanzugoberteil vom Leib. – „Heiß, heiß, heiß! Scheiße!!“ – Verschluss aufgegangen? Undicht? – „Uahrrrr!“ – Ich habe einen großen, roten Fleck auf dem Bauch. Zum Glück ist das heiße Wasser größtenteils auf die Fliesen geplatscht. Mit einem kalten Waschlappen kühle ich und verfluche die Wärmflasche, das elende Mistding, die plötzlich einfach gerissen war und nehme eine Schmerztablette. Das Bauchweh ist noch da, aber jetzt nur noch als ferner Hintergrundschmerz …

„Reinheitsgebot“

Jarik (4): „Papa, warum hat das Papa-Auto nur ein Rohr dort?“ – „Na, das ist der Auspuff und einer ist besser als zwei Rohre!“, fügte ich an. Für den »kleinen Euro 6-Diesel« hatte ich mich in der Tat bewusst entschieden, da er laut Herstellerangaben damals das sparsamste und sauberste Aggregat unter den angebotenen Motorisierungen war. Zudem wurden Dieselmotoren jahrelang als besonders sparsam, sauber und umweltfreundlich beworben, man denke nur an die Werbung mit dem weißen Taschentuch oder Schal bei laufendem Motor vorm Auspuff. – Weiß blieb weiß! So weiß, dass man glatt glauben konnte, beim Fahren durch urbane Gefilde die Stadtluft zu verbessern: also quasi zu filtern, vorzuwärmen sowie für die Parks und Straßenbäume moderat mit CO_2 anzureichern.

Nun, bereits die Diesel-Verbrauchswerte stimmten in praxi nicht und schließlich kamen mit dem „Dieselgate“ hässliche Wahrheiten und millionenfache Manipulationen und Tricksereien ans Licht, die – getrieben von Gier, Dreistigkeit & Größenwahn und von Blind- und Trägheit geduldet – nicht nur statistisch zu Gesundheitsschäden und vorzeitigen Todesfällen führen.

Wer jetzt noch mit einem überdimensionierten, OPEC-freundlichen Verbrenner-Dickschiff zufrieden über die Straßen rollt, der setzt auch Astronomie mit Astrologie gleich und glaubt bestimmt, dass er, wenn er die Heizung im Auto herunterdreht, etwas für den Klimaschutz tut!

Qualitätskontrolle

Früher mussten die Kanonengießer die ersten drei Schüsse mit ihrer Kanone selbst abgeben und dabei direkt neben dem Rohr stehenbleiben, da gab es quasi noch eine trennscharfe Auslese unter den Produzenten. – Und heute? – Heute gibt es Zertifizierungen, Qualitätslabels, Umweltlogos, Warentests, Prämierungen, Testimonials, Standards, Normen, Rankings, Produktbewertungen und Kundenmeinungen im Internet, Vergleichsportale, Werbung…

Gestresst

Zunehmend kommt mir meine gute Grundlaune abhanden. Genervt schlängle ich mich durch Menschenmassen. Bin in Eile, werde aber ständig ausgebremst und aufgehalten. Da ruft mir eine Bier-Promoterin zu: „Hallo, junger Mann…" – „Ihren Sarkasmus können Sie sich sparen!!"

Keine Bikinizone

Sie: „Ach, ich hab's aufgegeben mit der Bikini-Diät!"
Er: „Warum?"
Sie (seufzend): „Ist nichts geworden."
Er (jubilierend): „Da geht's dieses Jahr also wieder an den FKK-Strand? – Ju-hu. Yippie-Ya-Yay!"

Dreadlock-Trampel

Das Küchenradio läuft: „... die Vereinten Nationen haben die Wortwahl von US-Präsident Donald Trump als ‚rassistisch' und ‚schockierend' verurteilt. Über 50 Länder forderten eine Entschuldigung von Trump, weil er Haiti u. a. Herkunftsländer von Migranten abwertend als ‚Dreadlock-Länder' bezeichnet hatte." – Na ja, denke ich, da habe ich von ihm doch schon von schlimmeren Verbalentgleisungen gehört und bei Haiti kommen mir auch Rastas und Dreadlocks in den Sinn oder war das Jamaika?

Man glaubt ja oft das zu hören, was man verstehen will. Doch bei den Nachrichten des Deutschlandfunks horche ich genauer hin: Auskunftsgemäß sagte Trump: „Drecksloch-Länder" (... eine eher freundliche Übersetzung von „shithole countries"!)

Technologiesprung?

Nicht dass ich schon vergesslich werde, aber wo ist mein Handy? Mein gutes und robustes altes Teil, welches meine Freunde spöttisch als „Altägyptische Grabbeigabe" oder „Faustkeil" betiteln und mit dem man „nur" Telefonieren und SMSen kann. – Wo ist es bloß?

Hier irgendwo muss es sein! In der Wohnung. Wie immer in solch nervigen Situationen rufe ich es einfach an. Na ja, einfach ist relativ. Zunächst rufe ich per Paging mit der Basisstation meines Festnetztelefons dessen Mobilteil, höre es unter einem Klamottenstapel gedämpft klingeln, lege es frei und wähle mit diesem dann meine Mobilfunknummer. – Die Verbindung baut sich auf, ich höre den Rufton, aber kein Handyklingeln … Doch, doch, da ist was – leise und rhythmische Geräusche. Ganz leise. Richtung Bad werden sie lauter. Ich öffne die Tür, höre sie nun deutlich und sehe mein kleines Handy auf der Ablage über dem Waschbecken liegen. Okay, richtig liegen sehe ich das Gerät nicht, es bewegt langsam auf der Ablage, da Vibrationsruf eingestellt ist. In Wirklichkeit sehe ich gerade noch, wie es sich über die Kante bewegt, ins Waschbecken fällt und hart aufschlägt…

Ein Smartphone wäre jetzt hin, hätte auf jeden Fall einen Sprung, doch mein robuster Faustkeil ist bis auf eine frische, klitzekleine Schramme vollkommen unbeschädigt!

Notfall!?

Die letzte Arbeitsschutzbelehrung hatte ich tief verinnerlicht, die Scheiben des Poolfahrzeugs sorgfältig freigekratzt, alle Rückspiegel korrekt eingestellt, Beleuchtung, Reifendruck sichtgeprüft und sogar die Gurte der Rücksitzbank über Kreuz eingeklickt, denn ich hatte einige schwere Druckerpapierkartons im Kofferraum. Meine Dienstfahrt verlief denn auch ohne besondere Vorkommnisse, bis ich an einer roten Ampel halten musste.

Der Wagen, der vor mir stand, brannte. Dichte Rauchschwaden waberten seitlich heraus, die Seitenscheibe schien offen zu stehen. – Also Warnblinkanlage an und raus aus dem Wagen! Blitzschnell holte ich den 2-l-Feuerlöscher aus dem Kofferraum, rannte nach vorn, zertrümmerte mit dem Boden des Pulverlöschers die Seitenscheibe, da diese bis auf einen Spalt geschlossen war, entsicherte den Pulverlöscher … und erblickte einen mich entsetzt anstarrenden Fahrer, der seine E-Zigarette in den zitternden Fingern hielt.

Sex im Alter

Gegen Ende eines gemütlichen Sofakino-Abends bei Bruno ist Tobias wieder einmal sanft weggeschlafen. Als der Abspann läuft, kommt er zu sich und spricht: „Nach 20 Jahren Beziehung zelebrieren ja viele Paare ausgefallenen Sex …“ – Was geht denn nun los, denke ich und runzle die Stirn, um zu signalisieren, dass ich jetzt lieber über den eben gesehenen Film reden und nichts über Tobias‘ Sexualpraktiken wissen will.

Da platzt Axel heraus: „Ja, Montag – ausgefallen, Dienstag – ausgefallen, Mittwoch – ausgefallen …“

„Har-har-har!“, pariert Tobias, „schön wär’s.“

„Wie jetzt?“, rufen wir im Chor und sehen Tobias fragend an.

„Nein. Na ja, so ähnlich!“, sagt Tobias und fügt an: „Januar – ausgefallen, Februar – ausgefallen, März – ausgefallen …“

Hörtest

Zu Beginn meiner Lesung in der Chemnitzer Universitätsbibliothek wollte ich wissen, ob ich überall gut zu verstehen bin und sprach ein in der letzten Reihe sitzendes Studentenpärchen an: „Ist die Akustik soweit okay?" – „Nu, stört kaum beim Quatschen!"

Allgemeine Heiterkeit! – „... ja, herrlich, da mache ich ein Kurzprosaschnipsel draus!", freute ich mich mit. – Doch es müssen wohl BWL-Studenten gewesen sein, denn ihre Antwort lautete: „Ja, aber da wollen wir dann auch Tantiemen haben." – „Gut, Sie können sich gern an den Druckkosten beteiligen!", parierte ich und begann in bester Stimmung mit meiner (Vor)Lesung...

Partnerschaftsanzeige

...wir fanden, dass Bruno als einziger Nichtvater in unserer *Väterberatungsgruppe* einem viel zu niedrigen Quantum täglicher Herausforderungen ausgesetzt ist. Aus einer Bierlaune heraus entwarfen wir die passende Partnerschaftsanzeige für ihn, die bei Erfolg seinen Stresspegel merklich anheben dürfte:

Suche attr. u. tol. Frau bis 44, gern mit Kind(ern) im wöchentlichen Erziehungs-Wechselmodell, kinderfreie Zeiten in unger. Kalenderwochen. Bin 40+, >1,80, NR, Akad., sportl., viels. kult. int., kinderlos sowie in Teilzeitbez. (Kinderbetreuung d. akt. Partnerin in ungeraden KW).

Picknickkonzert an der Schlosskirche Chemnitz. Überall auf dem Wiesenrund am Schlossbergmuseum haben sich Groß und Klein versammelt, um den musikalischen Appetithäppchen von Klassik bis Jazz zu lauschen. Die zugehörigen kulinarischen Köstlichkeiten kommen entweder aus den mitgebrachten Picknickkörben oder von der nahen Gastronomie. Wir liegen entspannt auf einer Decke. Erik (5) ist ausgeschwärmt und auf einer kleinen Entdeckungstour. Da kommt er auch schon aufgeregt zurückgelaufen und ruft begeistert mit weit aufgerissenen Augen: „Papa, Papa! Da hinten an der Kirche sind Männer, die haben sooolche Geigen!“ und breitet seine Arme aus soweit es geht.

Ich lächle ahnend.

„Papa. Komm mit, ich zeig‘ dir deine Lieblingsinstrumente!“

Wir fassen uns an den Händen und eilen los. Und mir kommt ein Witz in den Sinn, den Tobias einst zum Themenkreis: „Konstruktive Kritik und Kritikfähigkeit“ in unserer *Väterberatungsrunde* zum Besten gegeben hatte:

Person 1: „Also so virtuos wie in den Medien angekündigt, können Sie mit der Geige ja nun wirklich nicht umgehen!“

Person 2: „Das ist ein Kontrabass.“

Person 1: „Oh! – Mit Kritik also auch nicht!“

(... um Kritik zuvorzukommen: Eventuell hat Tobias die Episode auch mit Harfe und Akkordeon erzählt.)

– Kapitel IV: Kindermund –
... am laufenden Band!

„Das Leben ist kurz,
brich die Regeln, vergib schnell,
küsse langsam, liebe wahrhaftig,
lache unkontrolliert und bereue nichts
was Dich zum Lächeln gebracht hat.“

Mark Twain zugeschrieben (1835-1910)

* * *

„Schlagfertigkeit ist etwas, worauf man
erst 24 Stunden später kommt.“

Mark Twain (1835-1910)

* * *

„Gib jedem Tag die Chance,
der schönste deines Lebens zu werden.“

Mark Twain (1835-1910)

* * *

„Erziehung ist organisierte Verteidigung
der Erwachsenen gegen die Jugend.“

Mark Twain (1835-1910)

Vegan-laktosefrei-
Fruktosegesüßtes
oder Saures!
KRUMBIEGEL

Prolog

Ein ganz wundervoller Quell von Freude und Heiterkeit ist der sogenannte Kindermund, also besonders treffende Sprüche oder entzückende (Fehl-)Interpretationen der lieben Kleinen. Ein wichtiger und heilsamer Balsam im anstrengenden Erziehungsalltag, der aber allzu oft, allzu schnell und allzu endgültig in der Abfolge der täglichen Herausforderungen untergeht.

Kindermund hat auch in unserer Familie eine gewisse Tradition. Doch leider wurden meinem Bruder und mir nur wenige unserer Aussprüche übermittelt, was ich sehr schade fand. So fing ich mit sammeln an. Spät, aber nicht zu spät, denn meine Jungs sind recht produktiv, besonders der Kleine „lieferte".

In diesem Kapitel habe ich daher einige Sprüche versammelt, die hoffentlich nicht nur die engere Verwandtschaft unterhaltsam und lustig findet... Folgend einige Begebenheiten, die wir erleben durften. „Danke, danke, meine lieben Buben!" – Doch zunächst die mir „überlieferten" Dialoge.

Musik-Dampfer

Mein großer Bruder ließ als kleiner Bub flache Steine auf der Elbe pfitscheln beziehungsweise versuchte es hochkonzentriert und fokussiert, wie es nur Kinder können. Angesichts eines sich nähernden Raddampfers der Weißen Flotte wird er von Mutter ermahnt: „Henrik, da kommt ein Dampfer. Lass das jetzt!" – „Warum?" – „Na, sonst sinkt das Schiff!" – Worauf er interessiert nachfragt: „Was?"

Morgenritual

Meine Eltern wollten natürlich ganz genau wissen, ob es mir im Kindergarten gefällt und was wir da so machen. So fasste ich das morgendliche Ritual in meinem ganz hervorragenden evangelischen Kindergarten damals wie folgt zusammen: „Wir stellen uns im Kreis auf und singen, dann erzählt Tante Christa ein kurzes Märchen, dann murmeln wir alle gemeinsam ein paar Sätze und am Ende sagen wir alle »Arm!«" (Zumindest habe ich das damals immer gesagt.)

Liedgut

Wie für andere Kinder auch waren Weihnachtslieder für meinen Bruder und mich ein Quell von Missverständnissen. So erzählte mein Bruder einst daheim, dass der Name von Gottes Sohn »Owi« sei und belegte dies, da meine Eltern sehr ungläubig dreinschauten, mit der zweiten Strophe von „Stille Nacht, heilige Nacht", wo es heißt: „Gottes Sohn, *o wie* lacht..." – Doch wer war dann Jesus?

Gnadenlos?

Ich litt als Kind wahrscheinlich an einem erblich bedingten Hörfehler. Oder war die Akustik in der Marienkirche zu Pirna so eigenartig? Jedenfalls verstand ich an Heilig Abend, sehnsüchtig auf die Bescherung wartend, in „O du fröhliche" regelmäßig statt »gnadenbringende Weihnachtszeit« natürlich »gabenbringende Weihnachtszeit«. Und bei „Es ist ein Ros' entsprungen" sah ich vor meinem inneren Auge natürlich ein feuriges Pferd, das einem Ritter davongaloppierte, kreisten meine Weihnachtswünsche damals doch fast ausschließlich um die kleinen Spielzeugritter aus Kunststoff…

Klappe!

Früher verging die Zeit viel langsamer, besonders in der Weihnachtszeit. Neben der Wohnzimmertür hing unser Adventskalender, der aus 24 hübsch mit Buntpapiermotiven beklebten Streichholzschachteln bestand, die auf ein dickes Stoffband gefädelt waren. Jeden Tag durfte ich eine Schachtel nach unten ziehen, öffnen und fand eine Kleinigkeit zum Naschen darin und freute mich. Schachtel um Schachtel krochen die Tage träge dahin.

Heute rast die Zeit, wie ich finde. Die Kinder fiebern Heiligabend entgegen und meinen, die Zeit steht still. Ihre Adventskalender sind groß und mit altersgerechten Bastelsachen gefüllt, Naschwerk gibt's ja genug. Jarik (4) öffnet ein neues Türchen und ruft: „Papa, meine

Klappe ist viel größer als deine!“ und alle müssen herzlich lachen. Stimmt in jedem Fall, denn ich habe einen winzigen Pappkalender in Briefgröße mit einer historischen Szene vom Moritzburger Weihnachtsmarkt und freue mich jeden Tag auf meinen kleinen Sehtest, denn die Motive hinter den Fensterchen sind wirklich winzig.

Anstiftung (zur Untreue)

Im Küchwald gibt es eine Art „Trimm-Dich-Pfad“, wo sich alle zwanzig, dreißig Meter einfache, robuste Trainingsgeräte aus Holz befinden. Beispielsweise zum Klettern, Hangeln, Schaukeln oder Balancieren, wie der Baumstamm, den zwei Seile circa 50 Zentimeter über dem gemulchten Boden halten. Es sah nicht besonders schwierig aus und ich probierte es sogleich und balancierte flott los. Bereits kurz vor der Mitte kam ich dabei arg ins Rudern und ging nach einigen vergeblichen Ausgleichsbewegungen seitwärts ab. Erik (4) giggerte und kicherte ob meiner hektischen Freiübungen und meines Gesichtsausdruckes beim ungewollten Abgang ausgiebig und immer wieder aufs Neue.

Tage später radelten wir wieder, diesmal komplettiert durch Mama, zu dritt auf besagtem Weg entlang, den diesmal zahlreiche Spaziergänger säumten. Sohnemann erkannte die Stelle wieder und rief hellauf begeistert lauthals aus seinem Kindersitz: „Papa, Papa! – Bitte mach noch mal den Seitensprung!“

Indianer

Endlich Nachtruhe im Ferienhaus unterm Reetdach. Erik (9) und ich haben noch etwas gelesen, im Zimmer nebenan ist es still, also schlafen Jarik (3) nebst Mama bereits. Erik muss noch mal auf Toilette…

Ich: „Aber mach leise."

Erik: „Ja-ha."

Ich: „Ganz leise! Wie ein Indianer."

Erik: „Was?"

Ich: „Na, wie die Indianer…"

Erik: „Echt, Papa?"

Ich: „Ja-ha!"

Erik: „Wirklich? – Wie die Indianer?"

Ich: „Ja! Und nun los."

Erik: „HU-BU-BU-BU-bubu-bubuuu…!!!"

Horch!

Nach dem Zähneputzen verharrt unser Kleiner (3) am Fenster, um das »ins-Bett-gehen« noch etwas in die Länge zu ziehen. Aus dem Kinderzimmerfenster ist die Turmspitze der Schlosskirche mit ihren leuchtenden Kreuzen zu sehen. Gerade geht der Chemnitzer Friedenstag mit dem gemeinsamen Läuten aller Kirchenglocken zu Ende, die Schlosskirche ist natürlich besonders gut zu hören. Jarik hebt die rechte Hand mit ausgestecktem Zeigefinger und ruft beeindruckt: „Horch! Die Kirche glockt!"

Hörvermögen

Das Hörvermögen eines Kindes ist wirklich sehr selektiv ausgeprägt. Nach meinem Aufruf: „Erik, bitte kehre den Sand im Korridor auf!“ wiederholte ich klar und deutlich: „ERIK, DU SOLLST DEN SAND IM KORRIDOR AUFKEHREN. JEHETZT!!“ und fügte halblaut an: „Danach kannst du ja noch deine Sendung ansehen.“ In der Tat kam er sogleich freudig aus dem Kinderzimmer gestürmt... Doch nur um die Fernbedienung zu suchen!

Vorsicht mit Kosenamen!

Nach der Gute-Nacht-Geschichte gab Mama unserem Kleinen ein Küsschen auf die Stirn und sprach ganz liebevoll: „So und nun schlaf gut, du süße Schnecke!“ – Darauf Jarik stolz, weil ihm eine ganz ähnliche und besonders schöne Antwort für die Mama eingefallen war, mit strahlenden Augen und in der niedlichsten Aussprache eines Dreieinhalbjährigen:

„Schlaf gut..., du schönes Schwein!“

Starkregen-Verballhornung

Pitschnass und aufgeregt kommt Erik (9) von draußen in den Flur: „Papa, Wahnsinn! Draußen! – Es hat in Stürmen geregnet!“

Logischer Einspruch?

Wunschgemäß bekam der Kleine (4) ein Brötchen mit Nuss-Nougat-Creme zum Frühstück, was erwartungsgemäß zu einer arg verschmierten Schnute führte. Ich kommentiere es mit: „Na, das kannst du ja gleich mit der Zunge ablecken."

„Nein Papa, dann wird doch meine Zunge schmutzig!"

Kein Drehwurm

Auf dem Weg zum Bett kommen wir am Drehstuhl in unserer kleinen Bibliothek vorbei. Jarik (3) ruft: „Bitte Papa, bitte drehen!" und klettert auf den Stuhl. – „Na gut, aber nur paar Runden. Nicht, dass du einen Drehwurm bekommst!" – Nach einigen Umdrehungen und einer schnellen Extrarunde: „Na, du hast doch nicht etwa einen Drehwurm?"

„Nein Papa, nur einen schnellen Kreisverkehr!"

Eben oft »Checker Tobi« geguckt

Jarik (4): „Mama, Mama! Was meinst du, wie kann man Strom aus Kartoffeln und Metall erzeugen?"

Mama später zu mir: „... also ich wusste nicht mal, dass »erzeugen« zum Wortschatz eines Vierjährigen gehört."

Holz

Wir radeln durch den Küchwald und sehen, dass etliche Bäume, die der Herbststurm ‚Herwart' geknickt hatte, nun entastet am Wegesrand liegen. Jarik (3) sitzt im Kindersitz hinter mir, jauchzt, schaut sich um und fragt bei jedem Stamm, wie lange wir damit wohl unser Haus heizen könnten. Unser Kaminofen dient nur als Zusatzheizung für unser Solarhaus und ich schätze, dass wir etwa 1 Kubikmeter pro Heizsaison benötigen.

Schließlich sichten wir einen Buchenstamm mit etwa 10 Meter Länge und bestimmt 3 Meter Umfang am dickeren Ende. „Papa, wie lange…" – Ich überschlage, dass es etwa 6 Festmeter sein dürften und antworte: „5 bis 6 Jahre." – „Toll…", sprudelt es aus dem Dreijährigen, „… ich habe mit dem Förster gesprochen, den kannst du mitnehmen!"

Gesprächsbedarf

Ich: „Ich habe Gesprächsbedarf."

Mama: „Worum geht's?"

Ich: „Jarik (3) hat »Lieblingspapa« zu mir gesagt!"

Mama: „Das sagt er auch zu mir."

Ich: „Was?"

Mama: „Na, »Lieblingsmama« natürlich."

Ich: „Ja, klar! Aber »Lieblingspapa« ist doch nun von einem ganz anderen Schlag…"

„Wem sieht er ähnlich?“

Mein Vater erzählte mir einen schönen Kindermund: Anfang der 30er Jahre des letzten Jahrhunderts waren Wurst und Fleisch sowohl begehrte als auch seltene Lebensmittel, zudem die Familie meines Vaters nicht gerade sehr wohlhabend war. So wurden die beiden Jüngsten von der Mutter gern mit zum Fleischer genommen, denn mit zwei adretten Buben an der Seite gab es oft leckere Extras, mindestens zwei Wurstzipfel für die Jungs.

Eines Tages trafen sie den Fleischermeister in bester Laune, denn er war gerade Vater geworden. – Stolz hielt er seinen Stammhalter hoch und fragte meinen späteren Onkel Siegfried erwartungsvoll: „Na, mein Kleener, wem sieht er denn ähnlich!?“ – Nach kurzem Überlegen und noch kürzerem Blick in die Runde, aus Perspektive des Knopfes waren es ja alles alte Leute, platze er heraus: „Dem Gesellen!“

Schweigen! – Dann begann der Meister schallend zu lachen, was die Fliesen noch verstärkten, die Kundschaft stimmte ein – und Onkel Siegfried bekam einen prächtigen Wurstring geschenkt.

Zwei Omas

Jarik (3) hat zwei Omas aber nur einen Opa und meint: „Ich weiß das jetzt mit den zwei Omas! Also warum ich zwei Omas habe: Meine Oma und Opas Oma.“

Konsumkind oder: Korrekte Kausalkette?

Jarik (4) hatte viel Freude beim gemeinsamen Einkaufen und meinte anschließend: „Papa, du sollst länger arbeiten."

Ich: „Was??"

Jarik: „Dann verdienst du mehr Geld."

Ich: „Na ja..."

Jarik: „Und dann können wir immer, immer ganz, ganz sehr viel zusammen einkaufen gehen!"

Einkauf

Ich war mit Jarik (4) einkaufen und befand mich am Anfang meiner Leberferien (1. Woche), wo der Alkoholverzicht noch schwer fällt und ließ die Wein-&-Spirituosen-Abteilung links liegen.

Da rief Jarik: „Papa! Schau mal, da! – Riesige Kronkorken!" und zeigte auf das Regal mit den Biskuit-Tortenböden.

Hochbegabt?

„Papa?"

„Ja."

„Wo du Opa bist – da bin ich Papa."

„Ähem, ich überlege... Ja, so könnte man es sagen, gut erkannt! Und wie nennt man den Sohn vom Opa?"

„Papa?“

„Ja, klasse! Und was meinst du, wer ist denn der jüngere Bruder deines Onkels Henrik?“

„Papa!?“

„Richtig! Und wer könnte wohl der Lieblingsneffe deiner Großtante Gisela, was die ältere Schwester deiner Oma Ursula ist beziehungsweise die Mutter meiner Cousine mütterlicherseits, also deiner Großcousine Kerstin, deren Tochter übrigens Enkelin besagter Tante und gleichzeitig Urenkelin des Vaters meiner Mutter ist, sein?“

„Papa! Sei doch mal ruhig. Heute ist Ruhetag.“

„Ja, Papa ist richtig!“ – Er ist hochbegabt, genial! Besonders, weil in unserer Familie sich nahezu niemand mit Verwandtschaftsverhältnissen halbwegs …

„Or menno, Papa!! – Hörst du mir auch mal zu? Ich muss pullern! Dringend!“

Stereofonie?

Ich unterhalte mich gerade mit Jariks Oma, als der Kleine anfängt, Oma etwas zu erzählen oder zu fragen. Eben hatten wir ihn ermahnt, nicht immer reinzuquatschen! So unterhalten wir uns weiter … aber auch er plappert munter weiter. – Als wir verstummen, fragt Jarik (4) vorwurfsvoll: „Oma! Was ist denn nun!?“ – Darauf Oma: „Ich habe mich doch gerade mit deinem Papa unterhalten, euch beiden kann ich nicht gleichzeitig zuhören.“ – „Doch! Du hast doch zwei Ohren.“

Mittelding

Abends war Jarik natürlich und ganz im Gegensatz zu mir noch putzmunter beziehungsweise „müde wie ein Wasserfall“ und plauderte und plauderte in einem fort, sprudel-sprudel-schäum-schäum-gchschschschsch. Er erzählte, dass er eigentlich in Italien wohne, ein größeres Haus habe als wir, mit einem viel größeren Kamin drin und größeren Bäumen davor und größerer Wiese dahinter und viel mehr Wasser als der Schlossteich. Dann wurde dann etwas unsicher, dachte nach und fragte: „Hat das Mittelmeer nur mittel Wasser?“

Apfelschorle

Mama: „Jarik, du musst mehr trinken, besonders wenn du Schnupfen hast!“
Jarik: „Mama?“
Mama: „Ja?“
Jarik: „Ja, Mama. Ich mag alles an Apfelschorle.“
Mama: „Schön.“
Jarik: „Bis auf den Geschmack!“

Junger Angeber

Jarik (4) zu seinem großen Bruder (10): „Ha-ha! – Meine Mama ist viel schöner als deine!“

Voller Einsatz

Nach dem Abholen aus dem Kindergarten meinte Jarik: „Wir basteln im Kindergarten. Ich soll Bierdeckel mitbringen. Morgen!“

„Ja, sehr schön!“, antwortete ich. „Wie viele denn?“

„Vier.“

„Okay, wir haben welche im Gläser-Schrank liegen. – Hier bitte, vier Stück.“

„Die sind aus Pappe!“

„Ja, klar.“

„Nicht aus Pappe, die dürfen nicht aus Pappe sein!“

„Wie?“

„Nein. Wir basteln Musikinstrumente. Die müssen aus Metall sein oder Stahl.“

„Ach, du meinst Kronkorken! So was?“ – Ich zeigte ihm einen Kronkorken an einer Bierflasche.

„Ja, das runde Ding da oben.“

„Ja, genau.“ – Ich hebelte den Kronkorken runter: „Hier bitte, mein Kleiner.“

„Ich brauche mehr!“

„Wie viele?“

„Sechs!"

„Hast du nicht vorhin vier gesagt?“

„Nein, Papa. Neun!“

„...!“

Und was soll ich sagen: Es wurde ein langer Abend, bei dem ich vollen Einsatz zeigte! Papa zu sein ist manchmal wirklich wunderbar. Aber oft auch anstrengend! Genaueres weiß ich nicht mehr...

Ist das nicht süß? Sein erster Burnout!
KRUMBIEGEL

Von der Rolle

Jarik (4): „Papa!"

Ich: „Gleich. Warte mal kurz."

Jarik: „Kurz ist jetzt vorbei!"

Ich: „Einen Moment noch …"

Jarik: „Papi, guck doch jetzt mal was mein Affi kann! Eine Purzelrolle."

Ich: „Na, das sah mir jetzt eher nach einem »Vorwärtsbaum« aus."

Jarik: „Weißt du, was ich übergestern gesagt habe?"

Ich: „Vorgestern?"

Jarik: „Ja. Morgen ist heute gestern."

Ich: „… stimmt."

Doppelt hält besser

Jarik (4): „Papa. Ich freue mich schon, wenn du Opa bist!"

Papa: „Warum denn? Das dauert bestimmt noch …"

Jarik: „Ja, aber dann habe ich endlich zwei Opas!"

Papa: „Na ja …"

Jarik: „Ja. Und wenn ich dann Jungs habe, dann bist du mein Opa! Das wird lustig."

Papa: „Und wenn es Mädchen werden?"

Jarik: „Dann bist du die Oma!"

Papa: „Ja. Das wird lustig!"

Jarik: „Ja, so machen wir das."

Affig?

Jarik (4): „Papa?“
Papa (49): „Ja.“
Jarik: „Wer hat den ersten Mensch geboren?“
Papa: „Den ersten Menschen? – Gute Frage.“
Jarik: „Und?“
Papa: „Tja.“
Jarik: „Da kann ja nicht einer schon da gewesen sein!“
Papa: „Ja, genau. – Willst du eine religiöse oder lieber eine wissenschaftliche Antwort?“
Jarik: „Was Papa?“
Papa: „Okay, also...“
Jarik: „Papa! Ich glaube das waren Affen.“
Papa: „Ja. – Ja, so ähnlich. Affen und Menschen haben gemeinsame Vorfahren. Und weißt du was? Manchmal merkt man dir das noch an. – Aber deine Idee, also deine Gedanken sind wirklich klasse. Große Klasse!“

Schnuppe, Schnuppe, Sternschnuppe

„Die Perseiden, Erik! Wir haben den alljährlichen Meteorstrom der Perseiden verpasst! Ja, dieses Jahr haben wir doch noch gar keine Sternschnuppen gesehen“, sagte ich. – „Ja“, antwortet er (8), „aber die Wünsche sind auch schnuppe, die gehen sowieso nicht in Erfüllung!“ – Ich dachte daran, dass er doch eigentlich schon „alles“ hat und recht verwöhnt ist, doch ich frage nach:

„Was hast du dir denn gewünscht?" – „Immer dasselbe." – „Was denn? – Wenn es sowieso nie geklappt hat, dann kannst du mir es ja verraten." – Und ich hoffe, jetzt nicht etwas wie Gamestation, *Superduperpokemonkram* oder *„Todesstern"* hören zu müssen und lausche ganz gespannt. – „Na, dass überall Frieden ist, Papa." – Ich ziehe die Brauen hoch, nicke… und schweige, ein wenig beschämt.

Überhitzt?

Jarik (4): „Mir ist heiß, Papa!"
Papa: „Ja, aber so warm ist es heute doch gar nicht."
Jarik: „Aber ich habe Durst auf Kaltes."
Papa: „Gut, du bekommst was, aber nichts Eiskaltes."
Jarik: „Doch! Ich brauche eine kleine Erkältung!"
Papa: „Nein! – Bitte nicht. Bitte nicht schon wieder."

Mein Sonnenschein

Wir steigen im Dunklen ins Auto und müssen zum Kindergarten. Der Dezembertag denkt noch nicht einmal daran anzubrechen, doch die Zeit drängt.

Jarik (4): „Papa. Auf der anderen Seite der Welt müsste ja jetzt eine schöne Sonne sein. Wollen wir da jetzt hinfahren?"

Ich: „Ach ja. Ja, das wäre schön." (Und mir fällt ein entfernt ähnlicher Dialog ein, als ich vielleicht als Fünfjähriger im Dunkeln an der Bushaltestelle zu meiner Mutter sagte: „Ich gehe wirklich gern in den Kindergarten, Mama. Aber nicht mitten in der Nacht!")

Vorsicht!

Jarik (4) während einer kurzen Autofahrt: „Papa, Papa, im Rückspiegel sieht die Welt so schön aus!"

Ich: „Prima! Und der Blick nach vorn?"

Jarik: „Nein."

Ich: „Wieso nein?"

Jarik: „Nicht so schön. Rücksicht ist besser als Vorsicht!"

Rauchzeichen

Jarik (4½): „Papa, alle bösen Menschen sollen rauchen."

Ich: „Was?

Jarik: „Alle bösen Menschen sollen rauchen!"

Ich: „Warum? Damit man sie gleich als böse erkennt?"

Jarik: „Nein, dann machen die sich die Lunge kaputt und leben nicht mehr lange. Und dann sind die Bösen alle!"

Viele Kinder wünschen sich die Prügelstrafe zurück

*

***

Schön,

dass gerade Sie

reingeschaut haben!

144 Seiten mit 3.825 Zeilen,

23.362 Wörter, 159.815 Zeichen,

das entspricht einem

„Buchstabenwurm“

von fast 300 m Länge.

Hoffentlich haben Sie

heute mehr Seiten um-

geblättert als angeklickt.

****